ENTERRE SEUS MORTOS

ANA PAULA MAIA

Enterre seus mortos

6ª reimpressão

COMPANHIA DAS LETRAS

Copyright © 2018 by Ana Paula Maia

Grafia atualizada segundo o Acordo Ortográfico da Língua Portuguesa de 1990, que entrou em vigor no Brasil em 2009.

Capa
Guilherme Xavier

Foto de capa
mallardg500/ Getty Images

Preparação
Julia Passos

Revisão
Fernando Nuno
Jane Pessoa

Os personagens e as situações desta obra são reais apenas no universo da ficção; não se referem a pessoas e fatos concretos, e não emitem opinião sobre eles.

Dados Internacionais de Catalogação na Publicação (CIP)
(Câmara Brasileira do Livro, SP, Brasil)

> Maia, Ana Paula
>   Enterre seus mortos / Ana Paula Maia. — 1ª ed. — São Paulo : Companhia das Letras, 2018.
>
>   ISBN 978-85-359-3067-2
>
>   1. Ficção brasileira I. Título.

18-12113   CDD-869.3

Índice para catálogo sistemático:
1. Ficção : Literatura brasileira 869.3

Todos os direitos desta edição reservados à
EDITORA SCHWARCZ S.A.
Rua Bandeira Paulista, 702, cj. 32
04532-002 — São Paulo — SP
Telefone: (11) 3707-3500
www.companhiadasletras.com.br
www.blogdacompanhia.com.br
facebook.com/companhiadasletras
instagram.com/companhiadasletras
twitter.com/cialetras

ENTERRE SEUS MORTOS

PARTE I
Os animais

1

O imenso moedor está triturando animais mortos recolhidos nas estradas. Tanto o barulho do motor quanto o dos ossos sendo esmagados ricocheteiam nas paredes altas do galpão. A mistura de som e fedor enfurece os sentidos. Edgar Wilson deixa o carrinho no lugar delimitado por um retângulo pintado no chão e sobe os degraus de uma escadinha de alumínio que dá acesso à caçamba do moedor, de onde é possível ver o lado de dentro.

— Consegue ver o que é? — grita um funcionário, afastando o protetor auditivo.

— Não estou vendo nada — grita de volta Edgar Wilson.

— Desde cedo tá assim... agarrando.

— Mas não estou vendo nada. Desliga.

O homem faz um gesto de derrota e, consternado, vai até a manivela de segurança e a puxa com força. A frenagem ríspida provoca um cheiro de queimado nas engrenagens.

— Me dá aquela vassoura ali — aponta Edgar Wilson.

Cutuca com força um dos dentes do triturador e remove o que estava causando o mau funcionamento da máquina: o osso de uma costela.

— Triturou algum animal grande?

— Uma vaca.

— Então é isso. — Edgar Wilson suspende com a ponta do cabo de vassoura o osso da costela ainda preso no pouco que restou da coluna vertebral do animal e, com um movimento suave, gira-a até que esteja fora do tanque do triturador e a joga no chão. O funcionário olha para baixo, próximo de seus pés, conferindo o que estava causando o problema na máquina. Ele se abaixa e pega o pedaço de osso. Verifica-o com atenção.

— É mesmo uma costela.

Joga o pedaço num tonel e torna a ligar a máquina, sentindo-se mais aliviado. Edgar desce da escadinha ao perceber que o moedor funciona com menos ruído e sem nenhum solavanco.

— Para os grandes você precisa trocar a peça. — Edgar Wilson aponta para o canto do galpão, onde uma peça semelhante à usada no interior do moedor, porém maior, está apoiada contra a parede.

— O Estêvão disse pra moer rápido e que não precisava trocar.

— Não dá pra usar a mesma peça numa vaca e numa capivara. Você tem que trocar. Deixa os grandes pro final. Mói os menores primeiro.

O homem, funcionário contratado há poucas semanas, faz sinal de que entendeu e volta a atenção ao trabalho.

Antes de sair do galpão em direção ao refeitório, Edgar Wilson verifica mais uma vez o funcionamento das engrenagens ao lançar um cachorro morto dentro do moedor, que permanece continuamente em movimento. A mordedura da máquina não provoca solavancos ou atritos impróprios. Do outro lado, por um cano largo, a massa condensada vai sendo despejada numa espécie de reservatório para ser utilizada na preparação de compostagem usada na fertilização do solo.

Edgar seca as mãos contra os bolsos do macacão. Apanha uma bandeja com um prato, talheres e um copo descartável e entra na fila do refeitório seguido por homens famintos e barulhentos. Há dois horários para o almoço: ao meio-dia e à uma hora. Edgar almoça no segundo horário, quando a fila é um pouco menor e há mais assentos disponíveis. Depois de ser servido, encontra um lugar perto da janela e se acomoda.

O homem à sua frente come ruidosamente, estalando a língua vez ou outra. Ora mastiga, ora fala, mal dando tempo para respirar. Trabalha há duas décadas removendo animais mortos em estradas, residências e fazendo hora extra aos sábados no triturador.

— Semana passada resgatamos uma égua, mas foi bem complicado. Ela tava pastando ao lado de um barranco, com uma corda no pescoço e amarrada numa árvore. Mas ela escorregou e ficou suspensa pelo pescoço. Quanto mais se debatia, mais a corda ia esmagando o pescoço dela. Acionaram a minha unidade e quando cheguei ela tava quase morta. Cortei a corda, ela caiu na estrada, enfim, foi uma merda jogar ela na caminhonete. Mas sobreviveu.

O homem dá uma colherada no meio do prato e com a ajuda do polegar ajeita a comida antes de levá-la à boca. Mastiga rapidamente e continua:

— Aí, quando cheguei aqui com a égua viva na caçamba, me chamaram a atenção porque a gente só recolhe animal morto. Mas eu ia deixar a porra da égua lá na estrada?

O dono não tava lá. Eu sabia que era questão de tempo até um motorista se arrebentar nela. Disseram que a burocracia não permitia e que a gente não pode manter um animal vivo aqui. Eu voltei lá e soltei a égua perto do barranco, mas não amarrei porque ela ia acabar se enforcando de novo. Duas horas depois, fui lá recolher os pedaços da filha da puta. Uma Kombi pegou ela bem no meio. O motorista morreu. Precisei levar mais um ajudante comigo porque era mesmo uma égua das grandes. A estrada ficou interditada por quase três horas.

— Ela estava prenha — diz Edgar Wilson. — Fui eu que coloquei ela no moedor. Precisei da retroescavadeira pra suspender. A cabeça do potrinho tava até saindo. O dono veio aqui reclamar a égua dele.

O homem para de mastigar por fim e bebe o restante do refresco de caju em seu copo. Aguarda curioso que Edgar conclua.

— E o que ele queria? — pergunta outro homem que somente escutava a conversa.

— Ele queria a égua, só que eu já tinha moído metade. Ele criou confusão. O gerente deixou ele entrar no galpão e pediu pra eu parar de moer. Acho que era uma égua de estimação. O sujeito acabou desmaiando.

— O filho da puta deixa a égua prenha pastando num barranco com uma corda no pescoço. Depois vem aqui reclamar como se a gente tivesse culpa — diz o homem, que volta a mastigar ruidosamente.

— O que vocês fizeram com o sujeito? — pergunta o homem que escutava mais do que falava.

— Joguei água na cara dele e entreguei a outra metade da égua, a parte que eu ainda não tinha jogado no moedor, e ele levou embora numa carroça.

— E com a metade, o que será que ele fez?

— Acho que um funeral — conclui Edgar Wilson, levando à boca a última colherada do seu almoço. Apanha seu copo de refresco de caju e sai do refeitório para aproveitar sozinho seus últimos minutos de folga, fumando um cigarro sentado numa pedra atrás de um arbusto que parcialmente esconde seu corpo em meio à vegetação que se espalha nos fundos do depósito.

O sol, mesmo entre nuvens, deixa enfadados as aves e os répteis, que evitam cruzar a estrada quente. O capim amarelento e esmorecido contorna o caminho que segue. Tudo parece morto ou quase morto debaixo do sol. Edgar Wilson apanha no meio da estrada um gambá que morreu de olhos arregalados. Suspende-o pelo rabo usando luvas de borracha para se proteger. Joga-o na caçamba da caminhonete e deixa as luvas no chão do veículo.

No início tentava não encarar os animais mortos, apenas os removia. Aos poucos, percebia suas expressões faciais, por vezes fechava os olhos dos bichos imaginando que isso lhes proporcionaria algum descanso. Observava diariamente a vida evoluir para a morte. Para ele, estar na presença de um cadáver o deixava um passo atrás da morte, como se ela não pudesse alcançá-lo, pois assim como o fluxo da vida segue sempre em frente, também o da morte avança.

Presa ao tronco de uma árvore magra e de folhas esparsas está a carcaça ressequida de uma ave que encalhou na vertical. Era evidente que estava ali havia muito tempo, resistindo à força da gravidade, fossilizando-se nas grossas estrias do tronco. Decide não removê-la.

A paisagem pouco mudou nas últimas décadas. Não fosse o betume resinoso que forma o asfalto, ainda estariam no início do século passado, quando somente as rodas das carroças puxadas por animais percorriam essas estradas, que quase não existiam e se limitavam a trilhas abertas a facão. Numa época em que os animais estavam à frente das rodas, transportando toda a espécie humana.

Edgar Wilson sobe na caminhonete e ao dar a partida verifica que precisa abastecer. Dirige cerca de dois quilômetros até encontrar um posto de gasolina. Encosta a caminhonete na primeira bomba do combustível e desce do veículo em direção à pequena loja de conveniência. Um cachorro grande e pesado dorme diante da porta, e é preciso dar um largo passo para entrar no estabelecimento.

Um homem magro, com pouco mais de um metro e cinquenta de altura, de cabelos pretos, ralos e lisos, na altura do queixo, lhe sorri do lado de dentro do balcão enquanto enxuga as mãos num pano.

— Gasolina?

— Isso.

De onde está, o homem pode ver a caminhonete estacionada através da janela aberta.

— Essa bomba está com defeito. Estaciona na bomba da frente — diz enquanto suspende o tampo do balcão e passa para o outro lado. Seguido por Edgar Wilson, os dois saem da loja. O cachorro continua na mesma posição, obrigando-os a pulá-lo com cuidado. Edgar prontifica-se a puxar o freio de mão e a empurrar a caminhonete até a outra bomba. O homem, que mantém sem razão aparente um sorriso constante, diz que está bom naquele lugar, evitando assim que Edgar se esforce mais.

— Essa bomba — indica com a cabeça a bomba com

defeito — já é a terceira vez que fica ruim neste mês. Acho que nem vou mandar arrumar agora. O movimento anda tão fraco.

O homem puxa a pistola da bomba, destrava-a e a mantém suspensa com o bico para cima enquanto abre a portinhola e desatarraxa a entrada de combustível da caminhonete.

— Ontem mesmo eu tive só cinco clientes. — Ele enfia a pistola na boca do tanque do veículo, aperta a alavanca e volta a falar ao sentir a vibração do líquido atravessando a mangueira. — Se as coisas não melhorarem, não sei não.

Edgar Wilson aproveita para limpar o para-brisa com um trapo que encontra jogado embaixo de uma torneira próxima da porta da loja. Sem pedir licença, ele molha o pano, torce bem e limpa a poeira do vidro.

— Eu moro aqui nos fundos, logo ali atrás do balcão é a sala da minha casa. Por isso ainda estou resistindo.

— O senhor imagina o porquê disso?

— Ah, moço, é difícil saber. Tem gente que fala que é por causa da rodovia e que as estradas paralelas ficaram menos movimentadas. Mas não sei. — Ele para por instantes e olha a bomba, que ainda não marca o valor exato solicitado por Edgar. Aperta com moderação ainda duas vezes para completar os centavos e assim ter um número redondo no marcador. Encaixa novamente a pistola na bomba e se volta para o veículo a fim de fechar a tampa do tanque.

Ele seca as mãos no pedaço de pano que tira do bolso da calça e pela primeira vez deixa de sorrir.

— O senhor é um homem religioso?

Edgar Wilson se detém por alguns breves instantes e parece questionar a si mesmo.

— Acredita em Deus?

Edgar assente com a cabeça. O homem diminui o tom de voz e já não importa se não sorri mais. Seu rosto se torna rígido e há algo de angustiante em seus olhos.

— Tem dias que eu fico aqui sentado, bem ali naquela cadeira velha de balanço com aquele vira-lata preguiçoso perto de mim. Está vendo aquele cata-vento ali? — Edgar Wilson olha para o alto e um cata-vento branco e amarelo, com uns cinquenta centímetros de diâmetro, gira num ritmo moderado. — Tem dia que ele para durante uma hora ou até mais. Nada se move. Até mesmo o cachorro parece não respirar de tão quieto que fica. — O homem dá um passo para mais perto de Edgar. — E é aí que eu digo pro senhor: fico meio que apavorado.

— Por quê?

— Porque eu rezo. E rezo de novo.

O homem cai em um silêncio repentino e olha para os lados, porém é ao longe que seus olhos tocam. Ambos os horizontes, cada qual numa extremidade da estrada, que sua localização privilegiada lhe possibilita ver.

— E eu tenho certeza de que nada nem ninguém me escuta. Deus ou o diabo, parece que nenhum dos dois está mais aqui.

Edgar Wilson, sem reagir ao falatório do homem, paga pela gasolina e apanha o recibo. Entra na caminhonete e pelo radiocomunicador recebe a chamada de uma ocorrência no trecho 62.

— Sabe que tipo de animal? — pergunta Edgar pelo radiocomunicador.

— Não disseram, mas parece que é dos grandes — responde a mulher do outro lado.

— Minha caçamba tá cheia.

— Você é quem está mais perto, Edgar.

— Tentou o padre?
— Ele já está em outra ocorrência a uns cinco quilômetros.
— Peça pra ele ir lá depois. Se é um animal grande vou precisar de mais caçamba.
A mulher do outro lado do radiocomunicador espirra e assoa o nariz antes de responder um o.k. fanhoso.
— Ainda resfriada, Nete?
— Preciso me mudar. A poluição da pedreira tá acabando comigo. Vou drenar os pulmões de novo. — Ela desliga ao concluir.

Edgar arranca com a caminhonete e segue para oeste, em direção ao trecho 62, área pouco movimentada desde a recente criação da rodovia. Para evitar o pedágio, alguns motoristas tomam essa rota economicamente mais viável porém pouco segura. O mato acumulado no acostamento, a falta de sinalização, a má conservação do asfalto e os animais que pastam ou vivem na mata provocam acidentes ocasionais.

Estaciona a caminhonete a poucos metros de distância do acidente. A carroça está caída em diagonal e o carroceiro, em decúbito ventral, esticado no asfalto. Metade do corpo do cavalo atravessou o para-brisa do carro em frente ao assento do carona. O animal está parcialmente preso à carroça e o cabresto não se partiu com o impacto. As patas traseiras sobre o capô tentam encontrar algum equilíbrio, porém quanto mais o animal se movimenta, mais escorrega. O homem ao volante está em choque e preso ao cinto de segurança. O cavalo agonizante desfere movimentos bruscos na tentativa de se libertar, e quanto mais se move mais sangra. O homem, impotente ao seu lado, apresenta alguns ferimentos e arranhões. Ao mesmo tempo o animal se debate e esbofeteia o homem, cujos sentidos estão arrefecidos devido à luta corporal com o equino.

Dois moradores da região cujas casas estão construídas dentro da mata foram os primeiros a chegar ao local. Permanecem de pé, vez ou outra ajeitam o chapéu de palha e cospem no chão.

— Eu tava roçando lá nos fundos e ouvi a pancada — fala um dos homens para Edgar Wilson.

— O carroceiro tá quase morto — informa o outro homem.

— Conheciam ele? — pergunta Edgar Wilson.

— Já foi meu vizinho esse aí. Fazia tempo que não via. Meu menino foi avisar a família dele.

Edgar se aproxima do carro. Abaixa-se e olha para o motorista, que está com os olhos fechados, mas vê-se que ainda respira. Edgar sacode o homem, que abre os olhos, assustado.

— Vai me tirar daqui?
— Vim buscar o cavalo.
— E eu?
— Tem que esperar o resgate.

Edgar Wilson traga o cigarro já pela metade.

— Fiquei preso no cinto. É só cortar, eu acho.

Edgar vai até a caminhonete e apanha uma tesoura. Deixa o cigarro no canto da boca, com dificuldade abre a porta amassada do lado do motorista e corta o cinto de segurança. O cavalo quase não se movimenta mais. O homem consegue sair do carro e sente uma dor aguda na perna direita.

— Acho que não quebrou nada — diz o motorista. Ele olha para o carroceiro estendido no chão, emitindo leves grunhidos como se engasgasse com o próprio sangue. O barulho é perturbador. Senta-se no acostamento e tenta se recuperar, desejando que aquele corpo estendido no asfalto finalmente silencie. Uma caminhonete se aproxima e para. Um homem usando um macacão igual ao de Edgar Wilson e um chapéu *cattleman* branco caminha em direção ao corpo do carroceiro. Tira do bolso um vidrinho com óleo, besunta o dedo indicador e faz o sinal da cruz na testa e nos lábios do homem enquanto lhe sussurra a extrema-unção.

— Ó Deus, santifica este óleo concedendo a este homem em seu momento de agonia severa unção para receber a santificação e a remissão dos seus pecados. Recebe-o em Teu reino. *Benedicat tibi dominus.*

O homem aquieta-se enfim. Tomás se levanta, guarda o vidrinho no bolso do macacão e tira do mesmo bolso um toco de charuto apagado e o leva à boca. Olha com severidade para o motorista do carro sentado no acostamento feito um menino castigado e segue até Edgar Wilson.

— Tem espaço na sua caçamba? — pergunta Edgar.

— Mais do que na sua — responde Tomás.

O cavalo ainda se move em agonia. Tomás tira o óleo do bolso e unge o animal pelo pescoço através da janela quebrada do lado do carona e faz a reza que oferece gratuitamente a homens e animais em agonia pelas estradas.

Edgar Wilson retorna da caminhonete trazendo uma espingarda de pressão. Pela janela enfia o cano da arma no ouvido do cavalo. Dispara uma vez. O corpo se aquieta. Com a ajuda de Tomás, puxa-o para fora do para-brisa. Os dois homens que assistem a tudo correm para ajudá-los. Um deles entra no carro e pelo banco de trás empurra o cavalo, enquanto os outros três o puxam pelo lado de fora tanto pelas patas quanto por uma corda amarrada na altura da barriga.

Tomás posiciona a caçamba da caminhonete bem perto do carro e os quatro homens conseguem colocar o cavalo ali dentro, por cima de outros animais de pequeno porte. Edgar e Tomás usam a corda para amarrá-lo, evitando que caia. As pernas do animal ficam parcialmente para fora.

Eles entram em suas caminhonetes segundos antes de a mulher do carroceiro chegar ao local em uma bicicleta e se jogar sobre o corpo do homem. Tomam a estrada em direção ao depósito em baixa velocidade. Edgar segue atrás de Tomás, até que este para lentamente. Pelo radiocomunicador ele diz que o veículo está com problema.

— Desde ontem está assim. Agora parou de vez.

— Tem uma corda aí?

Edgar posiciona sua caminhonete à frente da unidade de Tomás e amarra em seu para-choque traseiro o para-choque dianteiro do veículo com defeito. Tomás deixa o pisca-alerta ligado e se senta ao lado de Edgar Wilson. Risca um fósforo e acende o toco de charuto. Edgar puxa de trás da orelha um cigarro e Tomás o acende ao riscar outro palito.

Havia dias em que as manhãs se prolongavam nebulosas e à tarde uma língua de sol atravessava uma estreita brecha entre as nuvens que se moviam levadas pelo vento. De qualquer forma, tanto o vento quanto o que carregava consigo ricocheteavam nos morros que cercam o vale, de uma ponta a outra, como muros que resistem aos séculos.

Tomás encosta a ponta do charuto no vidro arriado da janela e o excesso de cinzas cai para fora. Ao contrair o corpo, avolumando os músculos, ressalta a coroa de espinhos tatuada no braço. Seguem viagem em velocidade reduzida. Pelo caminho não há sinal dos socorristas. Há poucos homens trabalhando nesse raio de sessenta quilômetros.

— Os socorristas só estão com uma ambulância — comenta Tomás. — A outra capotou por causa de um pneu velho que estourou. Foi perda total.
— O motorista morreu? — pergunta Edgar.
Tomás solta a fumaça do charuto sem pressa antes de responder:
— Sim. Perda total.
— Os animais têm mais sorte. A gente sempre chega primeiro — diz Edgar Wilson.
Ambos deslizam para um silêncio que vez ou outra é interrompido pelas lufadas de vento que entram pela janela. O céu se torna ainda mais áspero e cinzento, como se algo o estivesse pressionando para baixo e vedando a luz do sol. Para qualquer lado que se olhe a vegetação não reluz, não há um traço sequer de vigor, como se a seiva estivesse sendo exaurida aos poucos. Ainda resistem num contínuo persistente, e os animais estão morrendo dia após dia. A caçamba da caminhonete precisa ser esvaziada duas a três vezes no expediente. Mais removedores foram contratados nos últimos anos pois a cobertura de perímetros de ampla extensão da circunvizinhança apresenta um número de material para remover mais elevado do que o rotineiro.
— Você trabalhou no matadouro do Milo?
— Trabalhei — responde Edgar.
— O Milo frequentava a minha paróquia. Um bom homem. Gostava de doar pra caridade. — Tomás faz uma pausa ao expelir a fumaça do charuto. — É meio filho de Deus, meio filho da puta, assim como a maioria de nós.
— Depois que saí de lá, fui trabalhar numa fazenda que criava porcos, mas teve uma epidemia e todos os animais morreram.
— Eu tô há dez anos trabalhando nessas estradas — diz

Tomás. — Desde que fui excomungado, não parei mais de recolher os animais mortos por essas estradas. Encontrei minha vocação.

— Por que foi excomungado?

— Matei um sujeito anos atrás, antes de entrar no seminário. Um bispo que buscava apoio político junto aos padres descobriu isso e quis me chantagear. Eu não gostava mesmo desse sujeito. Um bispo bem desgraçado. Ele me dedurou, mas o crime já tinha prescrito. Me excomungaram.

Retornam ao silêncio em que estavam e Edgar mantém os olhos fixos na linha imaginária à sua frente, para além do precipício que flanqueia o trecho que percorrem. Às margens da estrada, em pequenos grupos de três ou quatro, religiosos caminham segurando uma Bíblia. Diferenciam-se à distância por causa das roupas. As mulheres arrastam a barra dos longos vestidos de manga comprida, que as meninas também usam, e os homens mantêm o hábito de usar calças de um algodão barato em tons pastéis e blusas de manga comprida abotoadas até o pescoço, e do mesmo modo se vestem os meninos. Movimentam-se dia e noite pelas estradas, de uma igreja evangélica a outra, proferindo as boas-novas do Evangelho e anunciando o fim iminente de todas as coisas.

As prostitutas e travestis que permanecem em trechos conhecidos da estrada à espera de clientes desviam-se ao ver a pequena marcha da moralidade se aproximar, que passa olhando fixo para a frente, puxando os filhos pelas mãos, em passo acelerado. Porém, há grupos que insistem em pregar as boas-novas aos perdidos, que, por sua vez, preferem continuar perdidos e manter a cartela de clientes.

Por todos os lados o discurso é inflamável. De dia e de noite as chamas do inferno ardem em suas bocas. O desejo do coração é de vingança. Deus está vivo e quer matar. — Paz? — anuncia um dos fiéis ao ser interpelado. — Quem disse que a gente ia ter paz? Eu vim trazer a espada, eu vim trazer a divisão, eu vim jogar o filho contra o pai. Foi isso o que Jesus disse.

Encurvados aos pés de um Cristo irado cheio de juízo e de fúria, eles apontam suas Bíblias como quem aponta uma pistola. Falam de almas perdidas, mas desejam o sangue e as vísceras. Revestem-se de uma autoridade divina que insistem ter recebido de Deus e falam em línguas estranhas, uma espécie de idioma sobrenatural que somente os escolhidos podem compreender. Tudo o que não está debaixo desse manto divino é maldito e condenado nos séculos vindouros a um inferno setorizado.

Depois de esvaziar a caçamba no depósito, Edgar Wilson volta à estrada para mais uma ocorrência, dessa vez de menor gravidade. Por isso, no caminho para em um posto de gasolina e abastece sua garrafa térmica com café fresco. Dirige por mais dois quilômetros até as margens do rio. Estaciona a caminhonete, veste as luvas de borracha e desce do veículo. Caminha até o outro lado da pista e recolhe um gambá, suspendendo-o pelo rabo. Joga-o na caçamba, tira as luvas de borracha e deixa-as no chão da caminhonete. Apanha a garrafa térmica e do porta-luvas retira uma caneca de louça branca com a borda amarelada. Enche-a de café e sai para caminhar um pouco, até encontrar um tronco de árvore que lhe sirva de assento.

Acende um cigarro. Traga lentamente enquanto comprime os olhos fixos na linha do horizonte do rio. As águas turvas de cor barrenta se fundem em um céu cinzento.

Numa ponta, algumas fissuras sulcam as nuvens condensadas. A outra ponta termina no horizonte delimitado por montanhas irregulares, impossibilitando saber o que há do outro lado. Apesar de se conhecer a região e geograficamente por trás dessa montanha existir outra, tem-se a impressão de que não há nada além e que o mundo termina ali.

À beira do rio há uma pequena fila de homens e mulheres que aguardam a vez para serem batizados por imersão nas águas. Todos usam vestidos brancos, inclusive o pastor que os mergulha. De onde está, Edgar Wilson não pode ouvir o que dizem, mas conhece o texto de cor de tantas vezes que já o ouviu à beira do mesmo rio. O texto da renúncia de uma vida sem regras, a renúncia de um mundo inescrupuloso, a confissão de crer em tudo o que diz o livro sagrado e de praticá-lo de dia e de noite, de aguardar pela volta de Jesus Cristo, que levará Consigo, para o céu, todos os seus fiéis.

Cada pessoa mergulhada, ao emergir das águas turvas do rio, torna-se uma nova criatura. No fundo desse rio há milhares de renunciados, de velhos corpos e velhos espíritos. Edgar observa com curiosidade a liturgia do batismo. Pensa em como alguém pode se tornar melhor ao afundar nesse rio imundo, vasto e poluído, alimentado por dejetos orgânicos e pelo esgoto, que encobre nas profundezas o horror dos mortos insepultos.

Olha para o alto e gira a cabeça de um lado para outro na tentativa de encontrar algum vestígio, algum traço mínimo de verdade. Porém, não há nada no céu: nem fúria, nem anjos, nem santos. É um céu vazio, completamente sem cor e som. Inerte.

2

Edgar Wilson olha para o seu relógio de pulso que marca um minuto para as nove horas. Deixa o cachorro morto caído no acostamento e corre para dentro da caminhonete. Fecha a porta e a janela. Olha novamente para o relógio e faz uma contagem regressiva começando em dez. Dois segundos antes de concluir, o tremor faz o veículo chacoalhar levemente. Aguarda mais alguns segundos e uma chuva de pedras esparsas cai sobre o local. À sua frente, a revoada de pássaros que levantou voo com o som da explosão é desfalcada quando uma pedra acerta uma das aves.

Edgar espera por mais um minuto antes de sair da caminhonete e retomar o recolhimento do cachorro. No caminho, apanha a ave morta e a leva para a caçamba. Por sorte, a caminhonete não foi atingida, porém é possível ver alguns pequenos amassados na lataria e no capô do veículo derivados de outras explosões.

Três vezes ao dia a pedreira de calcário é dinamitada: às nove da manhã, ao meio-dia e às três da tarde. Desde que o sino da igreja parou por falta de quem o toque, as horas canônicas são contadas pelas explosões na pedreira, cujo pó de calcário causa contaminação, afetando as vias respiratórias. No pequeno município próximo da pedreira, as pedras lançadas aleatoriamente atingem casas, escolas, carros, animais, transeuntes e estabelecimentos comerciais. Depois da explosão, o prazo máximo para encontrar abrigo e se salvar de uma possível pedrada é de dez segundos. As marcas das explosões estão nas paredes e nos muros furados, em veículos amassados, vitrines partidas, aves e outros animais caídos no chão.

Mais da metade da população local trabalha na pedreira, na mina de brita e na fábrica de cimento; tudo é originário da imensa rocha de calcário. Outras pedreiras que ladeiam o vale, após décadas de exploração, ganharam novos contornos. Uma delas, devido às explosões de dinamite para a retirada das pedras, teve o solo perfurado sistematicamente até alcançar o lençol freático, que inundou uma cratera, transformando-a em um lago limpo de cor esverdeada. Em dias quentes, é comum as pessoas irem se banhar no lago, já que o rio é sujo.

Edgar dirige a esmo, aguardando o chamado de uma nova ocorrência. Seu estado hipnótico e seu olhar amortecido são despertados ao ouvir um chiado no radiocomunicador. A voz fanha de Nete, visivelmente mais abatida, soa baixo.

— Não entendi. Pode repetir?
— Uma ocorrência numa igreja.
— Qual delas?
— Uma pequena, que fica depois do trecho 62.
— Não tem a localização exata?
— Não tenho. É uma merda isso aqui. Eles atualizam o mapa rodoviário e sempre tem um lugar que fica de fora.

— Como vou saber onde fica?

Nete tosse copiosamente antes de completar o que ia dizer:

— Desculpa, mas piorei. Essa pedreira filha da puta tá acabando com meus pulmões. O meu caçula também não está nada bem. Só um instante.

O rádio chia um pouco e do outro lado é possível ouvir Nete assoar o nariz.

— Disseram que perto tem um sítio em que criam porcos, e que eles têm um daqueles fornos, aquele forno digestor, sabe qual é? Pra cremar os que morrem.

— Entendido.

— Consegue encontrar o local?

— Quando sentir o cheiro de torresmo.

Edgar Wilson apanha o mapa rodoviário dobrado sobre o painel e abre-o com uma das mãos. Verifica o caminho mais curto para chegar ao trecho 62 pela rodovia. Pelos seus cálculos levará vinte minutos até o local.

O radiocomunicador chia novamente e a estática ecoa intercalada na cabine da caminhonete por alguns segundos.

— Unidade quinze-zero-oito.

— Edgar? — pergunta a voz do outro lado.

— Edgar falando.

— Tenho um funeral pra fazer hoje à tarde. Pode me cobrir no moedor? — pergunta Tomás.

— Sem problema.

Edgar faz a curva para a esquerda, onde uma placa sinaliza apenas S1. Avança mais alguns metros, enfia o nariz lá fora e, farejando o ar, sabe que está no local correto ao sentir o cheiro de torresmo que se estende na vizinhança. Ao longe, um homem com os braços levantados acena para

a caminhonete. Edgar para o veículo e desce. O homem, aflito, quase o puxa pelo braço.
— É por aqui, moço — diz o homem.
Edgar observa a pequena igreja de alvenaria em formato retangular com cobertura de telhas de amianto. O portão de ferro estreito e enferrujado está aberto. O homem está apreensivo demais para quem apenas zela por um animal morto.
— Que bicho morreu?
— Desculpa, moço, mas é que é uma emergência.
Edgar apanha as luvas de borracha jogadas no chão do veículo e as enfia nas mãos. O homem indica o caminho e Edgar entra na pequena igreja com uma cruz pintada na parede do fundo e um púlpito de madeira já bastante desgastado. Uma menina de cinco anos de idade, não mais que isso, está no colo de uma mulher que chora copiosamente.
— Olha aqui, moço. Minha filha tá morrendo, tá ardendo em febre e já não responde mais. Tô desesperado.
— Não tem um animal morto aqui?
O homem acena negativamente com a cabeça.
— Pelo amor de Deus, moço. Ela vai morrer. O resgate não vem. Desde ontem eu chamo, mas eles não vêm. Disseram que só têm uma ambulância e que ela está em outro município.
O homem pega a criança dos braços da mulher e a coloca nos braços de Edgar Wilson.
— Salva ela, pelo amor de Deus.
Edgar olha outra vez para a cruz pintada na parede, buscando Deus naqueles dois traços: vertical e horizontal. O lugar da morte e da vida eterna. O lugar da salvação.
Ao perceber o olhar mortificado de Edgar Wilson fixo na cruz, o homem tão somente cita uma passagem bíblica:

— Os caminhos do Senhor são tão misteriosos quanto o caminho do vento.
— Eu só posso carregar animais mortos na caminhonete. Perco meu emprego se descobrirem isso. Só recolhemos animais mortos.

Edgar tenta entregar a criança ao homem, mas ele se ajoelha a seus pés e implora.

— Você tem algum animal aqui?
— Tenho sim. Dois cachorros.
— Traga eles aqui.

O homem corre até os fundos da igreja e volta com os dois vira-latas. Edgar Wilson entrega a criança à mãe, apanha no canto da igreja uma garrafa que serve de vaso de flores e a quebra contra a parede. Entrega ao homem o gargalo afiado feito navalha.

— Escolhe um deles pra matar. Eu preciso levar um animal morto.

O homem hesita. Edgar manda a mulher ir para a caminhonete. O homem escolhe o cachorro mais velho, lhe enfia o gargalo no pescoço e no mesmo instante o animal desfalece. Edgar segura o cachorro morto pelas patas e o arrasta até a caçamba do veículo. Tira as luvas depressa e apanha a prancheta sobre o painel. Preenche algumas linhas da ficha de relatório e faz o homem assinar. Ele escreve quase automaticamente.

Edgar verifica os campos preenchidos.

— Precisa colocar o número do documento de identidade.

O homem escreve os números apressadamente num garrancho quase ilegível.

— Vocês vão na caçamba.

O homem e a mulher não questionam. Sobem na caçamba fétida, embalando a menina desfalecida e, antes de cobri-los com uma lona, Edgar enfatiza:

— Se me causarem qualquer transtorno, despejo vocês na estrada, entenderam? Rezem pra que ninguém descubra.

— Sim, senhor — responde o homem.

Edgar dirige o mais rápido que pode. O hospital mais próximo fica a meia hora de onde estão. Não pode ultrapassar a velocidade, então não adianta ficar aflito. Por outro lado, Edgar raramente se aflige com algo. Mantém seu olhar cinzento como o céu de julho e as mãos firmes ao volante. Vez ou outra olha pelo espelho retrovisor para se certificar de que tudo está em ordem.

À frente há uma blitz com duas viaturas da polícia rodoviária. Um policial faz sinal para que Edgar Wilson diminua a velocidade e, quando este para completamente a caminhonete, o policial se aproxima da sua janela:

— Boa tarde, cidadão.

— Boa tarde.

Olha para a logomarca estampada no macacão na altura do peito.

— Você é um removedor?

— Sim, senhor.

O policial se afasta um pouco da janela e inclina o tronco para trás, esticando a cabeça ao espiar a caçamba.

— Pode descer, por favor?

Edgar Wilson desce do veículo, joga no chão seu cigarro ainda pela metade e pisa para apagá-lo.

— Poderia me mostrar a caçamba?

Sem dizer uma palavra e mantendo seu ritmo tranquilo, Edgar Wilson segue até a caçamba e suspende uma parte da lona. Imediatamente expõe partes decepadas de um

veado e o cachorro recém-morto. O policial dá um assobio de espanto.
— Mas isso fede, hein.
O homem percebe quando a lona se move ao fundo da caçamba.
— Acho que você tem algum animal vivo aí.
— Agonizando.
O policial suspende um pouco mais a lona e depara com as patas de um bezerro. Edgar Wilson imediatamente puxa o corpo do animal.
— Morreu faz pouco. Umas horas só — diz Edgar.
O policial assobia novamente, porém a variação do som emitido por um espremido intervalo dos lábios reflete sua surpresa e alegria.
— A carne ainda tá muito boa — completa Edgar Wilson, dando dois tapinhas no lombo do bezerro.
O policial faz sinal para um de seus colegas que interpelava o motorista de um carro, deixando esta função para outro.
— Olha só pra isso! — diz o primeiro policial.
O segundo policial apalpa o bezerro de pele branca e macia e fica impressionado.
— Deve ter uns cento e cinquenta quilos — comenta Edgar Wilson.
— Puta que pariu! Assunção, vem aqui — grita o segundo policial, que se mostra em superioridade aos demais.
O terceiro homem se aproxima e se admira com o bezerro.
— É um nelore?
— Sim — responde o primeiro.
Permanecem alguns instantes em silêncio contemplando o corpo do bezerro.

— Está levando ele pro descarte?
— Sim, senhor — responde Edgar.
— Acha que podemos ficar com ele?
Edgar dá de ombros, puxa o bezerro e o joga no chão. Suspende a lona para cobrir o restante da caçamba.
— Se precisar da gente, é só nos procurar. E outra coisa — o policial que se mostra superior aos demais segura o braço de Edgar, o faz caminhar alguns poucos metros ao seu lado e completa: — Se por acaso você encontrar outro desses atropelado por aí, não hesite em nos procurar, combinado?
— Sim, senhor.
Os três policiais se despedem de Edgar Wilson, cada um com um aperto de mão. Edgar sobe na caminhonete, dá a partida e arranca dali o mais depressa possível. Depois de quinze minutos, estaciona em uma rua deserta a uma quadra do hospital. Suspende a lona e manda o casal descer com a menina. Eles agradecem e correm em direção ao pronto-socorro. Edgar Wilson dobra a lona e a deixa no canto da caçamba. Avista uma lanchonete e decide comer algo, já que o incidente o deixou sem almoço. No refeitório, os horários são rígidos.

Abre a porta do estabelecimento e sente o cheiro de café fresco e bolo de laranja. Pede licença e segue para o banheiro. O cômodo é espremido e seus ombros quase tocam as paredes enquanto mija no mictório encardido. Lava as mãos na pia do lado de fora do banheiro, olha-se no espelho e percebe alguns pequenos respingos de sangue no rosto. Lava a face com água e sabão, e antes de seguir para uma das mesas confere se não há mais sangue sobre si.

Uma mulher franzina se aproxima e puxa o cardápio do bolsão do seu avental desbotado. Edgar verifica as opções e pede um café preto sem açúcar para viagem. Percebe que não sente fome, ainda que, em princípio, a sensação no estômago lhe causasse essa impressão. Edgar se levanta, paga pelo café e sai segurando o copo. Senta-se atrás do volante da caminhonete. Bebe sem pressa, aspirando a fumaça delicada e perfumada do café, enquanto fuma um cigarro. Ainda pensa na menina, na cruz, no bezerro e em toda a miséria que o cerca. Pensa nos animais mortos, tanto nos atropelados quanto nos sacrificados. Sangue por sangue. Toda cruz é feita de carne e sangue. Pendurado no espelho retrovisor há um rosário que carrega consigo há muitos anos, ora junto ao peito, ora diante dos olhos. Na ponta, uma pequena cruz, que ao mesmo tempo simboliza Deus e aflição; justamente tudo o que vê pelas estradas. Credo em cruz.

Edgar Wilson troca a principal peça do moedor de animais por uma menor. Apoia no chão o grande triturador, cujos dentes estão entranhados de carne podre. Faz sinal para o funcionário novato:
— Precisa lavar. Leva lá pra fora e usa aquele escovão ali.
O homem imediatamente retira a peça do local. Edgar atarraxa um triturador menor e puxa a alavanca. A máquina começa a trabalhar. Há uma caçamba de ferro onde os animais menores são atirados e permanecem à espera da moagem. Edgar joga um a um na máquina e observa os resíduos finais serem despejados no reservatório já cheio. Antes de lançar o animal seguinte, tira o reservatório e o troca por outro vazio.
— Jurandir, o forno já tá funcionando? — grita Edgar Wilson.

— Tá, sim. Vou levar esse reservatório pra lá.

Edgar apanha uma capivara da caçamba de ferro e a joga no moedor, assim sucessivamente até esvaziá-la. O forno foi uma melhoria no sistema de finalização dos dejetos animais e na preparação da compostagem. Mas para acelerar o processo ainda é preciso que sejam moídos. No fim, não restam nem os dentes. Apenas matéria orgânica desidratada. Quando o sol começa a se pôr, deixando um filete estriado de cor alaranjada no céu cinzento, Edgar Wilson finaliza seu trabalho. Depois de tomar banho e remover o cheiro pútrido da sua pele, finalmente sente fome. Veste roupas limpas e entra numa Caravan modelo ss, fabricada há mais de dez anos e com apenas vinte e um mil quilômetros rodados, faróis auxiliares, retrovisores esportivos de cor amarela, a mesma cor do carro, e duas grossas faixas pretas sobre o capô que se afinam nas laterais. É o único bem material de Edgar Wilson, e foi trabalhando com os porcos nos últimos dois anos que ele conseguiu comprá-lo.

Ao ver o painel luminoso do Espartacus, reduz a velocidade e estaciona no pátio destinado aos clientes, em sua maioria trabalhadores da região e caminhoneiros cruzando o estado. Entra no bar, que tem cheiro de suor, cerveja e fritura. Senta-se sozinho perto da janela, de onde gosta de observar a escuridão que salta da floresta do outro lado da estrada. Faz sinal para Tomás, que se aproxima segurando um caneco com cerveja numa mão e um prato com linguiça acebolada na outra. Tomás coloca os dois na mesa antes de se sentar em frente a Edgar Wilson. Tira do bolso da camisa um charuto novo e o cheira antes de cortar a ponta. Leva-o à boca e risca um fósforo. Espera que o enxofre queime por completo para então começar a acender o charuto num ritual habilidoso, dando baforadas comedidas enquanto o gira ao redor da chama. Tira-o da boca e verifica que está queimado de modo uniforme, em seguida o assopra para que se acenda por completo. Joga o palito de fósforo riscado pela janela e atinge um vira-lata que vive nos arredores do bar, sobrevivendo das sobras do fim da noite.

— Obrigado por ter me substituído no triturador — fala Tomás.

O garçom coloca um prato de costela assada com batatas e agrião diante de Edgar Wilson, que enfia o garfo no meio do prato e o leva à boca.

Tomás come uma rodela de linguiça, toma um gole da cerveja e continua:

— Depois do funeral, eu tive que ir benzer uma mulher lá perto da pedreira. Quando cheguei, a família tinha amarrado ela na cama. Possessa.

Edgar Wilson escuta o relato de Tomás com atenção, sem deixar de mastigar. Por essas bandas, um ex-padre tem o mesmo valor de um padre que não carrega em si o fardo de ser um excomungado. O único padre responsável por uma pequena paróquia adoeceu e, desde então, são raras as missas que realiza e suas aparições. Aguardam um substituto. Enquanto isso, uma parte dos fiéis se tornou evangélica e, portanto, uma horda de homens autointitulados pastores da fé disputa territorialmente a conversão de uma alma à sua própria igreja. O livre comércio religioso apoiado em ideias de prosperidade não apenas no céu, mas também na vida terrena, aliado aos três pilares que o sustentam — culpa, medo e ganância —, construiu um novo sistema em que não somente as penitências resultam em gratidão dos céus, mas também o antigo modelo "eu pago, eu recebo".

— A filha da puta estava bêbada havia três dias — con-

tinua Tomás. — Tava possuída de cachaça. Dei meia-volta e fui embora.
— Não respeitam mais nada — comenta Edgar Wilson.
Tomás faz um gesto de desânimo com a cabeça e bebe um gole de cerveja.
— Os filhos da puta confundem demônio com embriaguez. — Tomás degusta sem pressa o charuto até perguntar:
— Já viu um demônio?
— Sim, o Gilson — responde Edgar Wilson, colocando o caneco de cerveja vazio sobre a mesa. Faz sinal para o garçom e suspende o caneco vazio.
Tomás sorri antes de beber mais um gole de cerveja.
— Puta que pariu, aquilo era mesmo um demônio.
— Caçamos ele a noite toda. Seu Milo, Bronco Gil, Helmuth e eu.
— Bons tempos. Gilson era tão ruim que uma vez, no exorcismo de um rapaz, eu perguntei o nome da entidade e ela respondeu: Gilson.
Tomás dá uma gargalhada. Edgar solta a fumaça do cigarro e quase engasga ao rir.
— Eu juro. Palavra de padre. Até o diabo tinha medo dele.
O garçom coloca um caneco cheio de cerveja sobre a mesa e retira o vazio.
— Gilson, filho da puta — comenta Edgar Wilson, e em seguida bebe metade da cerveja.
— Como vocês mataram ele?
— O Bronco acertou ele com uma flecha e eu o degolei. A gente não podia fazer barulho, dar tiro, essas coisas. Era o combinado.
— Combinado com quem?
— Com o dono das terras onde a gente tocaiou ele. Tinha que ser sem barulho.

— Era mesmo um filho da puta.
Espartacus se aproxima da mesa e senta.
— Vão entrar na próxima rodada de carteado.
— Vou pra casa cedo — diz Edgar Wilson.
— Eu também tô fora — completa Tomás.

Edgar deixa o dinheiro trocado sobre a mesa, para pagar pela bebida e pela comida, bebe o restante da cerveja em dois rápidos goles e se despede. Antes de entrar no carro, percebe vultos brancos adentrarem a floresta do outro lado da estrada. A noite é deles, não importa o dia da semana. Eles se revezam em orações constantes e mantêm assim uma espécie de chama acesa. Dominam os montes e as matas. Delimitam trilhas que conseguem percorrer mesmo na escuridão. Fazem suas reuniões ecumênicas em segredo, ao pé de árvores e sob a luz da lua. Queimam e enterram objetos que dizem estar amaldiçoados. É comum o relato sobre brasas se acenderem misteriosamente em pequenos arbustos e sobre pessoas que têm a capacidade de materializar ouro em pó em cima do próprio corpo. Seriam acusados de bruxaria se vivessem entre os séculos xv e xviii. Mas hoje representam os verdadeiros filhos de Deus e têm como objetivo expurgar o mal de toda parte.

Edgar entra no carro e vai para casa, um quartinho que aluga em uma pequena vila muito perto do trabalho. Ao nascer do sol, se levanta e caminha por dez minutos até o depósito. Cumprimenta o vigia, que abre o portão para ele. Vai até o vestiário, apanha o macacão de dentro do armário e o veste. Ao sair, sente o cheiro de café fresco e segue em direção ao refeitório onde toma café da manhã. No estacionamento, confere os pneus da sua unidade e verifica que precisa calibrar os dianteiros. Na bomba de ar, puxa a mangueira e a distância é suficiente para que os alcance. Calibra-os precisamente e calcula que necessitará abastecer o tanque de combustível apenas no meio da tarde. Antes de entrar na caminhonete e sair do depósito, Edgar bate seu cartão de ponto. Dirige até perto do rio e se mantém em marcha lenta enquanto aguarda por uma ocorrência. Existem alguns trechos mais propensos para atropelamento de animais, por isso os removedores devem se manter próximos a esses entornos. Edgar Wilson desvia os olhos da estrada quando vê a hora em seu relógio de pulso: oito e quinze da manhã. Ergue os olhos e novamente os fixa, agora em outro ponto: uma revoada de abutres alguns metros adiante. Imagina que deve haver material para recolher. Nesse caso, os abutres são bem mais rápidos do que os comunicados via rádio que recebe da central. Por isso Edgar Wilson gosta de contemplar o céu, esse vasto firmamento que teme um dia desaparecer, pois é lá de cima que parecem proceder todas as coisas.

Dirige até ultrapassar um braço da floresta repleto de árvores, e o bando de aves voando juntas está um pouco mais à frente. Segue pelo acostamento, evitando assim ser ultrapassado pelos poucos carros que transitam no trecho. Para e confere o relógio antes de sair da caminhonete. Percebe que possui ao menos trinta minutos antes da primeira explosão do dia. Está perto da maior das pedreiras da região — a que fica mais próxima da estrada. Veste as luvas de borracha, pega a espingarda de pressão para o caso de haver um animal em agonia e caminha até o local indicado pelos abutres.

Adentra a mata e o barulho da bota contra o cascalho e as folhas secas lhe dá vontade de fumar. É como o som da brasa queimando o tabaco e a mortalha, um som delicado que gosta de apreciar quando está só. Procura no chão o animal morto. Os abutres grasnam ruidosamente e mantêm o contínuo sobrevoo em círculo sobre o local.

Não há animal morto no chão ou entrelaçado nas grossas raízes das árvores saltadas sobre a terra. Edgar Wilson olha para o que está adiante dele, a vinte metros de distância. Detém os passos antes de seguir em frente, olha para os lados e aguça os ouvidos no intuito de captar algum ruído ou sussurro. Só ele está ali, um passo atrás da morte. As folhas das árvores se movem com o vento, assim como as nuvens que cobrem boa parte do céu e impedem o Sol de brilhar com maior intensidade. Caminha com cuidado, desviando-se das raízes salientes, e olha mais uma vez para a frente quando um risco de luz ilumina o rosto da mulher enforcada que balança suavemente pendurada numa árvore. Ao chegar a seus pés, suspensos a três metros de altura do chão, Edgar Wilson levantou os olhos para contemplá-la, da mesma forma que os ergueu em tantas outras vezes ao se prostrar aos pés de um santo. Pelas roupas, é provável que seja uma das prostitutas que trabalham à margem das estradas dia e noite.

O som do alto-falante entrecorta seus pensamentos e pode ser ouvido por mais de um quilômetro. É o carro de um pastor, um dos muitos que há pela região, um homem que insistentemente anuncia a volta de Jesus de dentro de uma antiga Kombi com um alto-falante acoplado ao teto.

"Prepara-te, pois a vinda do Filho do Homem é chegada. A hora é chegada. Arrependei-vos, pecadores! A morte é chegada. É tempo de matar, é tempo de morrer."

Um abutre descreve uma curva e do céu aponta para a terra, abre as asas e sua envergadura acoberta o fio de claridade que ilumina o rosto da mulher. Pousa sobre a cabeça da mulher em riste e equilibra-se, recolhendo novamente as asas para junto do corpo. Olha para Edgar Wilson antes de inclinar a cabeça e bicar o olho direito da mulher. O abutre grasna e ainda o encara. Só então bica outra vez o olho da mulher até arrancá-lo, mantendo-o preso no bico. Edgar Wilson suspende a espingarda de pressão, aponta e com um tiro acerta a ave em cheio; morta, cai próximo a seus pés. O som do disparo espanta os outros abutres, que se afastam momentaneamente. Edgar se abaixa para apanhá-lo pelas patas, suspende-o e volta pelo mesmo caminho até chegar à caminhonete. Joga o abutre na caçamba, tira um cigarro do bolso do macacão e o acende. Parado no meio da estrada, olha de uma ponta a outra a paisagem que o cerca. O vento trouxe mais nuvens e as espalhou pelo céu. Não há mais um fio de luz solar atravessando uma brecha que seja.

3

Edgar Wilson despeja um pouco de café quente numa caneca e fecha a garrafa térmica antes de colocá-la de volta sobre o banco do carona. Verifica a hora e sai da caminhonete. Apoia-se no capô enquanto aguarda Tomás apontar ao longe. Diante de uma ocorrência desse tipo, sabe que não adianta comunicar a central de recolhimento de animais mortos. Eles nada podem fazer a não ser comunicar a polícia. Edgar Wilson gosta de evitar a polícia, por isso chamar Tomás é para ele a decisão mais acertada.

Ao longe a dianteira da caminhonete surge ainda pequena. Faz dez minutos que ligou para Tomás, que estava posicionado com sua unidade num trecho próximo. Edgar Wilson termina seu café e deixa a caneca sobre o painel do veículo. Tomás estaciona e desce da caminhonete ajeitando o chapéu.

— Tem café?

Edgar acena positivamente. Apanha a garrafa térmica sobre o banco. Tomás busca sua caneca no porta-luvas da unidade e se serve. Toma um gole e parece se sentir melhor ao quebrar o jejum.

— Faz tempo que encontrou o corpo?

— Não muito.

— Vim pela rota 51, mas está muito esburacada.

Tomás olha para o alto e observa a revoada de abutres.

— Dá pra ver eles voando desde lá de baixo.

Ambos caminham até o local onde a enforcada pendula suavemente. Tomás para em frente a ela e observa a presença de fuligem nos pés descalços da mulher.

— Acho que tentaram queimar ela — comenta Edgar.

— Parece mesmo — concorda, bebericando o café.

— Precisamos tirar ela daí.

— Avisou alguém?

— Só você. Não gosto de ter a polícia por perto.

— Nem eu, mas vamos ter que reportar.

Edgar Wilson vai até a caminhonete e liga para a central.

— Sim, Edgar, o que é?

— Nete, preciso que avise a polícia que encontrei um corpo.

— De homem ou de mulher?

— Faz diferença?

— É que a Berta, minha prima, faz dias que não dá notícias.

— É de mulher.

— Tem o cabelo pintado de vermelho e uma aranha tatuada no pescoço?

Nete tosse ao final da pergunta.

— Não.

— Então não é ela. Vou ver aqui o que posso fazer e logo te dou um retorno.

Tomás se aproxima de Edgar Wilson verificando a hora no relógio e faz sinal para que entrem no veículo. Acomodam-se nos assentos dianteiros e se mantêm em silêncio enquanto aguardam pela explosão e pela consequente chuva de pedras que sempre atinge esse trecho da estrada. Edgar Wilson solta um longo suspiro e esfrega os olhos com as duas mãos.

— Você também percebe, não é? — fala Tomás.

Edgar não responde. Observa o espelho retrovisor; a estrada atrás de si é tão similar quanto a que está à sua frente. De certa forma, tudo parece sempre o mesmo, não importa a direção para a qual se mira.

Tomás tem seu olhar entrecortado ora por um vazio, ora por uma inquietação.

— Sim — responde Edgar Wilson tardiamente.

— O que acha que é?

— Você é o padre. Você deveria ter a resposta.

Tomás sorri. Solta a fumaça do charuto e a aspira em seguida. Edgar Wilson não gosta de ser incomodado com perguntas. Costuma manter seus pensamentos em silêncio e longe dos outros. Não gosta de ser ouvido ou mesmo notado. Mantém-se num habitual estado de isolamento. Impenetrável. Há alguns meses, desde que começou a percorrer essas estradas, Edgar Wilson notou que não sentia nenhuma presença maligna, seja lá onde percorresse. Nesse tipo de trabalho, quando se está tão perto da morte, a um passo atrás dela, é comum ao menos um mal-estar ou um estado de espírito mais decadente. Em princípio, isso poderia ser um bom sinal. Para a maioria das pessoas, não perceber a presença do mal é um sinal de que tudo está bem. Para Edgar Wilson, é justamente o contrário. Não pressentir o mal não é sinônimo de que ele não existe ou desapareceu. São os opostos devidamente dosados que mantêm o sistema equilibrado e, assim, se o mal se ausentou, é provável que o bem também o tenha feito. É justamente isso que o tem incomodado. De certa forma o excomungado ao seu lado também pode pressentir isso ou coisa que o valha.

O barulho da explosão faz as janelas da caminhonete reverberarem e imediatamente o veículo balança por causa da trepidação no asfalto. A chuva de pedras surge segundos depois e atinge alguns abutres que devoram a mulher enforcada. Ao perceberem que tudo está quieto novamente, Tomás abre a porta da caminhonete segurando a espingarda de pressão e sai, enquanto Edgar Wilson atende ao chamado no radiocomunicador.

— Edgar, falei com a delegacia mais próxima, mas eles só podem mandar uma viatura amanhã.

— O.k.

— Tem uma ocorrência para a sua unidade no trecho 51, na altura da saída 23. É melhor se apressar.

— Entendido.

Edgar Wilson calça as luvas de borracha, sai da caminhonete e anda em direção à enforcada. Tomás aponta a espingarda de pressão e com dois tiros acerta dois abutres que bicavam a carne dos ombros da mulher.

— O que disseram? — pergunta Tomás, baixando a espingarda de pressão.

— Só podem mandar uma viatura amanhã.

Tomás ajeita o chapéu e cospe no chão. Parece não saber o que fazer e isso fustiga sua alma. Olha para o céu e uma nova revoada de abutres se aproxima. Sabe que não conseguirá mantê-los afastados.

— Se esperar até amanhã não vai sobrar nada dela — diz Tomás.

Edgar alcança um dos troncos da árvore num salto curto e apoiando os pés contra a casca nodulosa sobe dois passos até se firmar no tronco. Puxa a faca que carrega presa ao tornozelo. Estica-se e começa a cortar a corda, que se desprende aos poucos até se romper totalmente, atirando a mulher ao chão. Ele desce da árvore e devolve a faca à bainha.

— O que vai fazer?

— Levar ela daqui.

— Pra onde?

— Tem um freezer velho lá no depósito. Tá sem uso, mas acho que ainda funciona — responde Edgar Wilson, se inclinando sobre a mulher para suspendê-la pelos ombros.

Tomás detém Edgar com um gesto e faz o sinal da cruz na testa e na boca da mulher enquanto balbucia.

— De que adianta dar a extrema-unção se ela já está morta?

— Esse é o sacramento dos mortos. É outra coisa.

Edgar Wilson toma novamente a mulher pelos ombros com o intuito de suspendê-la. Tomás dirige-se para os pés caídos no chão e os levanta.

— Não acha melhor remover a corda do pescoço? — pergunta Tomás.

— Vamos deixar assim. É a arma do crime.

— Tem razão — responde Tomás, caminhando com cuidado e desviando das raízes salientes que estufam o solo.

Eles a carregam até a caçamba da caminhonete. Colocam o corpo numa lona. Edgar suspende a tampa traseira da caçamba e se certifica de que está bem trancada.

— E se eles acharem ruim?

— Nem vão reparar. Aquele lugar fede a carne podre o tempo todo e ninguém se importa muito com o que a gente carrega.

Tomás acena positivamente com a cabeça.

Edgar retorna ao local onde a mulher estava e apanha os abutres mortos caídos no chão. Joga-os na caçamba.

Tomás se afasta enquanto caminha até a sua unidade. Ouve um chiado no rádio e uma voz ao fundo. Sabe que precisa seguir em frente. Arranca com a caminhonete, mas reduz logo em seguida e acena para Edgar Wilson.

— Vai pro depósito agora?

— Tenho uma ocorrência no trecho 51.

Edgar Wilson dirige quinze minutos até o trecho 51 e precisa ler a placas de sinalização para encontrar a saída 23, porém muitas placas foram arrancadas ou estão completamente ilegíveis de tão enferrujadas. Ele reduz a velocidade e abre o mapa rodoviário sobre o volante. Com a ponta do dedo consegue localizar o trecho 51 e desliza-o até a saída 23. Pega um retorno e dirige mais cinco minutos até encontrar a localização exata.

Um javaporco está atravessado na pista, é um dos grandes. Dificilmente esses animais são atropelados, pois permanecem dentro da mata, evitando cruzar a estrada. Esse trecho da saída 23 é mais estreito, portanto um dos lados da pista precisou ser interditado. Um caminhão está parado no acostamento e o motorista desce ao ver Edgar caminhar até o animal.

— Aquele lá vinha em alta velocidade e quando viu o bicho morto aí tentou desviar, mas... — aponta o motorista para um carro batido contra uma árvore. Edgar não tinha visto o veículo acidentado, já que somente a traseira permanecia visível e todo o resto estava cercado pelo matagal.

— Eu dei uma espiada e parece que o motorista não resistiu.

Edgar se abaixa para remover uma das partes do animal. Joga-a na caçamba e retorna para buscar o restante.

— Eu já chamei o resgate, mas nada de ele chegar — diz o caminhoneiro.

Edgar apanha mais algumas partes do animal e joga tudo na caçamba sem dizer uma palavra. Entra na caminhonete e o motorista se aproxima da janela. Edgar segura uma prancheta e preenche o relatório da ocorrência.

— Ei, amigo, e aquele lá?

— Não é minha função. Eu só carrego animais.

Edgar Wilson arranca com a caminhonete e dirige o mais rápido que pode para o depósito. Estaciona sua unidade e segue para os fundos até um anexo do galpão onde guardam materiais que precisam de reparo. Retira de cima do freezer algumas caixas de papelão, empurra-o até uma tomada e liga. O aparelho faz um estrondo como se as engrenagens despertassem depois de muitos anos sem atividade. Edgar regula a temperatura para o nível mínimo e busca o corpo da mulher enrolado na lona. Coloca-o no chão e retira a lona. Deposita o corpo no freezer e baixa a tampa. Dobra a lona e retorna à sua unidade, de onde remove os abutres e o javaporco, recolhido em pedaços. Larga-os num carrinho de rolimã e os deixa no depósito, próximo do moedor.

Antes de retornar à sua unidade, Edgar Wilson vai até o refeitório e já pode sentir o cheiro de alho refogado. Precisa de um pouco de café e suspira ao ver a garrafa térmica em cima de uma mesinha no canto do refeitório. Apanha um copo descartável e o enche. Ainda está bem quente. Lá fora, acende um cigarro. Tira cinco minutos de folga. Quando termina o cigarro, o café está no fim. Um dos funcionários do depósito chama Edgar Wilson com um aceno. Toma em um só gole o que resta no fundo do copo, joga ali a guimba do cigarro e o deixa sobre uma mureta.

— Pois não? — diz Edgar Wilson.

— O gerente quer falar com você.

Edgar não responde, mas arqueia sutilmente as sobrancelhas. Caminha até o interior do prédio de três andares onde funciona a central de controle e a administração do depósito. Sobe as escadas até o segundo andar e caminha devagar e firme por um corredor que vai dar no escritório do gerente, cujo nome está gravado numa plaquinha colada à porta: J. J. Gusmão. Enquanto segue esses poucos passos, pensa no que falará sobre o corpo da mulher dentro do freezer. Talvez custe o seu emprego, porém, neste momento, de nada adianta se lamentar. Ele fez uma escolha. Poderia deixá-la ser devorada pelos abutres até sobrar somente a caveira. Mas para ele aquela mulher valia tanto quanto um abutre e tinha o direito de ser recolhida como o resto dos animais mortos.

Dá uma batidinha na porta entreaberta do escritório e a voz do lado de dentro o manda entrar. Edgar empurra a porta e dá um passo, adentrando o escritório repleto de papéis encadernados e pastas empilhadas por todo lado. O homem sentado atrás da mesa pede um instante a Edgar e termina de fazer uma anotação na margem de uma folha. Coloca-a dentro de uma pasta, fecha e deixa no topo de uma pilha com outras semelhantes. Abre outra pasta e, depois de folheá-la, puxa uma das páginas e com a ponta da caneta conduz para si a leitura sussurrante de um parágrafo.

— Pois bem, Edgar Wilson. Há três semanas você atendeu uma ocorrência que envolvia duas capivaras e um automóvel batido na rodovia 47?

— Sim.

— Eu tenho aqui o relatório que você preencheu na ocasião. Estamos sendo processados pelo motorista, que alega ter batido o carro por causa de duas capivaras mortas na estrada. Preciso saber de você: elas estavam mortas quando você chegou lá?

— Acontece que não tinha capivara nenhuma no local. Nem morta nem viva. Coloquei isso no relatório.

J. J. Gusmão coça a testa, pensativo, e revira alguns papéis da pasta.

— É isso que não entendi. Então não tinha mesmo nenhum animal?

— Não, senhor. Só o carro batido.

— Miseráveis. É o golpe do cachorro morto. Acontece muito.

Edgar Wilson ouve o desabafo do gerente.

— Eles batem o carro e aí dizem que foi por causa de um animal morto na estrada, pra poder pedir indenização. Depois da batida, matam um bicho qualquer e o jogam no meio da estrada pra dizer que a culpa é nossa, que a gente não faz o nosso trabalho direito, e entram com uma ação na justiça.

O homem estala a língua contra o céu da boca, agradece a Edgar Wilson e o dispensa desejando um bom dia.

Com uma pá, Edgar Wilson raspa do asfalto o que sobrou de um animal. Está completamente prensado no chão, o que dificulta a identificação correta. Tanto pode ser um cachorro-do-mato como um lobinho. Suspende a pá e espera uma carreta cruzar a pista antes de atravessá-la para o outro lado, onde a sua unidade está estacionada. Ouve um chiado no rádio. Joga a pá e suspende a tampa da caçamba. Tira as luvas de borracha e as joga no chão do veículo.

— Unidade quinze-zero-oito.

— Edgar, tem um policial aqui na central querendo falar com você.

— O.k. Já estou indo.

Dirige até o depósito. Pela manhã, antes de sair de lá, verificou o freezer e tudo parecia em ordem. O corpo estava refrigerado o suficiente para que alguém da polícia aparecesse e o levasse. Mais de vinte e quatro horas se passaram desde que tinha encontrado a mulher enforcada.

Entra no depósito, estaciona a caminhonete no pátio e de longe avista o policial. Edgar Wilson desce do veículo e caminha até o homem.

— O senhor está me procurando.

— Ah, sim. Você encontrou o corpo, não foi?

— Isso.

Na altura do peito, bordado em preto sobre um fundo branco, está escrito: sargento Americo O+.

— Pode me levar até o corpo? Podemos ir na minha viatura — diz o homem.

— Não será preciso.

Edgar faz sinal para que o homem o siga. Caminham até os fundos do galpão. Edgar Wilson suspende a tampa do freezer e olha para o seu interior. Por sua vez, sargento Americo estica o pescoço e se inclina.

— Se eu deixasse ela lá na mata, os abutres iam comer tudo.

Sargento Americo olha com muita atenção para o rosto da mulher e para a corda em seu pescoço.

— Cortei a corda, coloquei ela na minha caçamba e deixei aqui.

— Fez bem. E ainda manteve a arma do crime. Muito bem.

— Se precisar de ajuda pra remover o corpo, eu posso...

Sargento Americo interrompe Edgar Wilson.

— Vamos manter ela aqui. Não há IML nesta região. O mais próximo fica a uns quarenta quilômetros. Sem contar que o rabecão está parado há semanas esperando uma peça de reposição que ainda não sabemos quando vai chegar. O jeito é deixar o corpo no freezer por mais alguns dias.

— Então é preciso avisar o gerente — diz Edgar Wilson.

Edgar Wilson se mantém de pé ao lado do sargento Americo, que explica sucintamente o ocorrido.

— Sargento, eu não posso manter um corpo aqui — lamenta o gerente.

— Eu peço que o senhor tenha paciência e colabore com a investigação policial.

— Que investigação? — questiona o gerente.

— Essa moça, ora. Abrirei uma ocorrência e vamos aguardar o rabecão vir buscar o corpo.

— E quanto tempo vai levar?

— Eu estava justamente explicando ao amigo Edgar Wilson que o rabecão está parado há semanas aguardando uma peça.

— Vocês não têm um rabecão extra?

— Não. Estamos tentando uma Kombi com a prefeitura para ajudar a recolher os corpos, mas ainda não conseguimos por falta de verba para a gasolina.

— E o que acontece com os corpos? Afinal, morre gente todo dia.

— Aqueles que vivem perto do IML levam por conta própria os seus mortos, seja um vizinho, seja um parente. Senão, o morto precisa esperar a remoção. É claro que o mau cheiro é grande e todo mundo reclama, mas...

— Mas isso não é ilegal, sargento? — questiona o gerente do depósito.

Sargento Americo pensa por alguns segundos e solta um suspiro entediado.

— O senhor tem razão, mas na situação atual temos permitido que corpos sejam trasladados por uma curta distância. Evidentemente, nós autorizamos nesses casos. — Ele contrai o semblante e se consterna. — É mesmo uma situação lamentável. Estamos falidos. Não damos conta nem dos mortos.

O sargento faz uma pausa e rumina suas próprias palavras antes de prosseguir:

— A verdade é que este é um péssimo momento para morrer — conclui.

— Bem, se é assim... acho que posso manter o corpo no freezer por alguns dias, mas e se aparecer alguém da família? — questiona o gerente.

Sargento Americo alisa com a palma da mão direita alguns fios de cabelo eriçados no topo da cabeça.

— O senhor permite o reconhecimento, mas vou deixar colado no freezer um comunicado oficial, se o senhor autorizar.

— Por mim...

Sargento Americo retira de uma pasta uma folha de papel A4 e prega-a no freezer com uma fita adesiva. Edgar Wilson permanece mudo enquanto observa o homem. Ele se despede e diz saber onde fica a saída. Edgar se aproxima do papel, em que é possível ler em letras grandes: "Conteúdo de propriedade da polícia e sob investigação. Qualquer violação estará sujeita a punição. Mantenha-se afastado". O texto é finalizado com um carimbo e a assinatura do sargento.

Edgar Wilson dá meia-volta e sai do galpão. Gostaria de nunca ter encontrado aquele corpo, muito menos de tê-lo removido para o depósito. Suspira e entra na caminhonete.

Pela cor do céu, irá chover em menos de duas horas. Odeia trabalhar sob chuva e com o asfalto molhado. Dirige até uma das áreas com maior número de ocorrências, à margem do rio, e aguarda o radiocomunicador chiar. Lá estão eles novamente, em fila, com seus vestidões brancos, mergulhando no rio. É tempo de matar, é tempo de morrer, pensa Edgar Wilson.

4

Edgar Wilson retira da caçamba da sua caminhonete um saco de lona pesado. Joga-o nas costas e se inclina um pouco para a frente por causa dos quilos que suporta nos ombros. Empurra o portão de ferro entreaberto e segue até os fundos do terreno, passando pela lateral da casa principal, rodeada de flores coloridas plantadas em canteiros bem cuidados, até chegar à segunda casa, menor e com a pintura desbotada. Do lado de fora, sobre uma mesa com tampo de mármore e base de ferro, um rapaz remove com cuidado as vísceras de um pica-pau e as enfia num saco plástico. Edgar Wilson o cumprimenta e o rapaz indica com a cabeça a casa velha, cuja porta está aberta.

— Seu Tião tá lá dentro, Edgar.

O homem usa óculos com lentes grossas, que tornam seus olhos maiores do que são. As orelhas entortaram com o tempo devido ao peso da armação de acrílico que ampara as lentes pesadas. Ele suspende a cabeça e ajeita os óculos com um cutucão na ponte. Sorri ao ver Edgar Wilson e deixa sobre uma mesa de madeira o material que confecciona. Cumprimentam-se. Edgar larga o saco de lona no chão e puxa uma cadeira. Aperta o ombro para aliviar a tensão causada pelo peso e aceita o café oferecido por Tião.

— Pelo tamanho do saco, me trouxe aquela encomenda.

Edgar acena positivamente.

— Encontrei morto na mata. Só tem uma escoriação pequena. Não foi atropelado, foi outra coisa.

Edgar bebe o café ainda quente e deixa a caneca ao lado de uma caixa com linhas e agulhas. Suspende o saco e o coloca sobre a mesa no lugar indicado pelo homem. Abre-o e retira o corpo do lobo. O homem puxa o saco e o joga no chão. Edgar estende o animal com cuidado.

Um longo assobio. É a primeira reação do homem. Ele passa a mão na pelagem do lobo-guará, olha bem de perto as patas e as orelhas. Com o dedo indicador e o polegar, afasta os lábios e verifica a dentição. Abre a boca para olhar a língua e com um espelho pequeno confere o céu da boca do animal.

— É um exemplar lindo. Há dois meses estou esperando por um desse — fala o homem finalmente. — Encontrou quando?

— Ontem, no fim do dia. Ainda estava morno quando o encontrei.

— Ainda está muito bom. São raros esses animais por aqui, mas alguns se perdem da alcateia e ficam sem rumo.

O rapaz que eviscerava o pica-pau entra na casa, cujo cômodo amplo é destinado a uma oficina para confecção de animais empalhados. São encomendas vindas de todas as partes e para fins diversos, principalmente para museus e instituições de ensino. As paredes do local são forradas de espécies variadas, algumas vindas da Ásia e da Europa. Animais raros e nocivos. Diversas prateleiras guardam encomendas a serem enviadas. Nas poucas ocasiões em que encontra um animal em boas condições, Edgar Wilson o recolhe e vende para o taxidermista.

— Quer mais café?

Edgar aceita e o homem enche a sua caneca novamente.

O cheiro da oficina se parece muito com o cheiro do depósito: vísceras e podridão. Porém o cheiro do formol causa irritabilidade nos olhos e os deixa vermelhos. A ardência também atinge as vias respiratórias e a garganta. É como se o inferno corroesse devagar pelo lado de dentro.

— Este aqui vai para a Argentina — diz o homem.

Ele apanha uma lata com diversos pares de olhos de vidro e com cuidado procura a cor que acredita combinar com a pelagem do animal. Suspende um par castanho, puxado para o mel.

— O que acha destes, hein?

Edgar deixa a caneca de café sobre a mesa e confere de perto o par de olhos. Aproxima-os da pelagem do animal e grunhe em concordância.

— Também acho que vão ficar excelentes — diz o homem. Deixa a lata com os olhos de vidro sobre a mesa e destranca uma das gavetas de um arquivo. Puxa algumas notas de dinheiro de um envelope pardo e a tranca novamente. Entrega o dinheiro para Edgar, que o confere e agradece.

— Acha que é suficiente?

— O senhor é sempre generoso.

O homem se aproxima mais de Edgar e se inclina sobre ele.

— Estou com uma encomenda difícil. Um búfalo.

— Realmente não é fácil conseguir um desses.

— Eu sei. Havia um criador aqui na região, mas acabou

falindo. Uma parte ele vendeu, a outra soltou por essas matas. Acha que consegue um pra mim?
— Acho que só abatendo mesmo.
— Eu sei que isso não é correto, mas se eles estão soltos por aí, talvez você consiga um para mim. Pagam muito bem por um búfalo.
— Eu precisaria tirar uns dias pra caçar um desses. Não tenho tempo agora.
— Entendo. Mas se topar com um...
Edgar Wilson se levanta e mete o dinheiro no bolso.
— Pode deixar.
Estica a mão e num aperto se despede do homem, que volta a coser o dorso de uma capivara.

Espartacus sai do banheiro fechando o zíper da calça jeans. Atravessa o salão do bar em direção a uma mesa ao lado de uma das janelas. Puxa uma cadeira e se senta em frente a Edgar Wilson. Acena para o garçom e pede mais um caneco de cerveja à base de malte de centeio. O garçom enche o caneco imediatamente e o coloca diante do patrão.
— Como eu estava te falando, Edgar — ele dá um gole na bebida e limpa com as costas da mão seca a espuma que se instalara no bigode —, faz um tempo que percebo uma agitação estranha por aqui. Você sabe quem é a mulher?
— Não sei. Mas pelo visto deve ser uma das prostitutas que ficam por aí nas estradas.
Espartacus soergue as sobrancelhas e repuxa a boca com ar de desdém:
— Deve ser. Alguém reclamou o corpo?
— Ainda não.
Pela janela avistam Tomás estacionar sua moto em

frente ao bar. Deixa o capacete pendurado no guidão e coloca seu chapéu *cattleman* branco. Dentro do estabelecimento, segue até o jukebox no canto do salão e escolhe uma série com três músicas sertanejas num volume moderado. Vai se sentar com os amigos e no caminho pede uma cerveja.

— Levaram o corpo da mulher? — pergunta Espartacus.
— Não. Está lá no freezer — responde Edgar Wilson.
— Mas a polícia não foi lá? — insiste Espartacus.
— Sim, mas não tem como levar — diz Edgar Wilson.

O garçom deixa diante de Tomás o caneco de cerveja.

— A gente só cuida da estrada e dos animais mortos — continua Edgar Wilson. — Ela foi enforcada dentro da mata. A gente não podia remover o corpo ou coisa assim. Se ela fosse um animal, seria bem mais fácil.

— Mas se deixássemos ela lá não ia restar nada — comenta Tomás finalmente, pois desde que chegara tinha permanecido em silêncio.

— Por quê? — pergunta Espartacus.
— Os abutres estavam comendo ela — responde Tomás.

Edgar Wilson retoma o seu raciocínio:

— Quando o assunto é remover seres humanos, nós não podemos fazer nada.

— Mas e o resgate? — questiona Espartacus.
— Só têm uma ambulância. Não conseguem estar em todos os lugares — completa Tomás.

Edgar Wilson se despede dos amigos e sai do bar. Entra no carro e decide dirigir um pouco, antes de ir para o seu quartinho espremido. As horas de chuva deixaram o ar mais agradável, e o cheiro do mato molhado e o vento fresco lhe trazem certa paz de espírito. Liga o rádio do carro no volume baixo e mantém a velocidade em sessenta por hora. Acende um cigarro e com o braço apoiado para fora da janela murmura a canção que toca. Segue o caminho para a pedreira, que a esta hora está adormecida. Margeia o rio até pegar um desvio, e depois de percorrer mais dois quilômetros estaciona num pátio improvisado ao lado de tratores e retroescavadeiras. Edgar desce do carro e caminha até bem perto do precipício que se formou devido às explosões na rocha de calcário. Senta-se numa pedra e permanece olhando para o abismo. Envolto na escuridão, é possível ver um enxame de vaga-lumes que voam de um lado para outro. Edgar acende um cigarro e, quieto, da maneira que gosta de permanecer, observa a dispersão dos pontos de luz sobre a camada negra que cobre o princípio do abismo na ponta dos seus pés. O som da noite está repleto de zumbidos e crocitares que ecoam de direções diversas. A silhueta da imensa rocha de calcário dilapidada transforma o aspecto do horizonte. Na escuridão, faz lembrar um homem deitado com as mãos sobre o peito. Assim, o luto e a morte se instalam na paisagem modificada pelas explosões de dinamite.

Edgar Wilson nunca conheceu trabalho que não estivesse ligado à morte. Sempre esteve um passo atrás dela, que invariavelmente encontra todos os homens, de maneiras diferentes. Teme morrer porque acredita em Deus. Crer em Deus o leva a crer no inferno e em todas as suas consequências. Se não fosse isso, seria apenas mais um corpo com as mãos sobre o peito. Não sabe que espécie de fim está reservado a ele. Mas diante dos mortos, seja humano, seja animal, ele não se mantém insensível. Não existe sentimento de desprezo maior do que abandonar um morto, deixá-lo ao relento, às aves carniceiras, à vista alheia.

Edgar Wilson entra no carro e em poucos minutos toma a estrada, mantendo-se em velocidade moderada. O farol do carro revela vultos às margens da via, caminhando em pequenos grupos ou sozinhos. A quantidade de prostitutas e travestis vem diminuindo consideravelmente nos últimos meses, mas diferente do que ocorre com os animais mortos nas estradas, que são catalogados e têm seu número estimado mensalmente numa tabela pregada na parede às costas da sala do gerente do depósito, os outros, junto com os bêbados e drogados, não preocupam ninguém quando desaparecem.

Edgar Wilson fica atento ao movimento dos grupos que adentram um determinado trecho da mata. Estaciona o carro mais adiante, desce e caminha cauteloso, embrenhando-se no matagal. Ouve os murmúrios, assim é possível guiar-se até o grupo: um clarão no meio da floresta, uma fogueira que serve como fonte de luz cercada por quase trinta pessoas, incluindo crianças. Alguns batem palmas, batem os pés no chão e giram ao redor de si mesmos enquanto balbuciam uma língua desconhecida. Os que se mantêm fora do transe permanecem com as mãos levantadas e oram fervorosamente. Pequenos objetos, fotografias e papéis são lançados na fogueira. Edgar fica vinte minutos contemplando o ritual. Vez ou outra a chama se intensifica sem razão aparente e os fiéis se tornam ainda mais alvoroçados. Entre eles há um homem, o líder, que os pastoreia e os trata como um rebanho. Exatamente como um rebanho, eles são conduzidos.

— *Portanto, já que estamos herdando um Reino inabalável, sejamos agradecidos e, desse modo, adoremos a Deus, com uma atitude aceitável, com toda a reverência e temor, porque o nosso Deus é fogo consumidor* — profere o homem em voz alta, incitando os fiéis a dar mais pulos e rodopios. Quanto mais versículos bíblicos ele recita, mais a chama da fogueira se eleva.

O homem ergue um grande exemplar da Bíblia com capa preta e laterais douradas. A imensa cruz de ouro no centro da capa brilha quando é atingida por um feixe da luz do fogo. Ele caminha ao redor da fogueira como um soldado, movendo os braços para a frente e para trás e suspendendo os joelhos antes de pisar com força no chão. Uma nuvem de poeira se levanta. Chega diante de outro homem e o segura pela mão. Este, agora, contorce todo o corpo e dá um salto para o alto, exprimindo palavras ininteligíveis. Em seguida, os dois se põem a marchar, um diante do outro. O pastor profere mais uma passagem bíblica:

— *Aquele que cair sobre esta pedra será despedaçado, e aquele sobre quem ela cair será reduzido a pó.* — O homem faz uma pausa e toma fôlego para concluir e sair do seu estado de transe. — Jesus é a rocha da salvação. Ele é a verdadeira rocha. O fim se aproxima. Arrependei-vos.

Edgar Wilson volta para a estrada. Entra no carro e dirige até sua casa. Ao longe, a imensa rocha de calcário mantém uma silhueta assustadora porém acobertada pela noite. Das muitas rochas espalhadas pela região, esta é a maior, as explosões ferem o solo e trazem à tona um lençol de água que aos poucos vai formando um lago. Ao pôr a cabeça no travesseiro e antes de fechar os olhos, o ruído das palavras que ouviu minutos antes ecoa dentro do cubículo em que mora. Até que o sono e o cansaço, mais pesados que seus próprios pensamentos, o fazem dormir.

Antes da primeira explosão do dia, Edgar Wilson avista a revoada de abutres no céu. Troca a marcha da caminhonete e ganha velocidade. O espelho retrovisor reflete os faróis do veículo que pisca próximo de sua traseira. É Tomás quem o segue, e ambos dirigem até o local. Edgar Wilson acende o primeiro cigarro do dia antes de descer da caminhonete. Tomás deixa sua unidade estacionada a cinco metros de distância de onde Edgar está e caminha até ele segurando uma caneca de café.

— Ainda tem um pouco? — pergunta Edgar. Tomás acena positivamente e retorna à sua unidade enquanto Edgar apanha uma caneca no porta-luvas da caminhonete. Tomás lhe serve meia caneca. O café bem quente tem perfume forte, sugerindo vir de uma marca melhor do que a habitual. Edgar experimenta a bebida e se surpreende.

— Esse eu trouxe de casa. Torrei e moí os grãos — comenta Tomás.

Edgar agradece pela bebida. Ambos estão parados no acostamento olhando para o alto. A revoada se intensificou. Para eles não se trata de um animal morto. Bebem sem pressa o café. Tomás acende seu charuto e acompanha Edgar Wilson com o cigarro já pela metade.

— Vai trabalhar no moedor hoje? — pergunta Tomás.
— Não. Só amanhã.
— Meu turno é depois do almoço. Odeio moer depois do almoço. Meu estômago fica revirado — completa Tomás.

Terminam suas bebidas e Edgar Wilson pisa na guimba de cigarro. Tomás permanece com o charuto no canto da boca e parece nem se dar conta de que na maior parte do dia ele fica ali, colado ao lábio, virado para baixo, como uma extensão fumegante do seu corpo. Edgar Wilson apanha a espingarda de pressão e veste as luvas de borracha. Seguido por Tomás, entra na mata e avança na direção da revoada. Não olha para o chão porque as aves não tocam o solo e permanecem em voo contínuo ou pousadas nos galhos das árvores. Os homens olham para os lados e não conseguem definir o ponto exato que atrai os abutres. As aves em seus sobrevoos tocam nas folhas das árvores vez ou outra, e assim se ouve o constante farfalhar de suas asas. Os dois homens permanecem olhando para o céu por alguns instantes. É bonito o voo dos abutres. Alguns possuem envergadura maior que a dos demais; arremetem ora em zigue-zague, ora em linha reta, sem colidir. No chão, as sombras das suas asas em movimento acobertam esse trecho da mata, uma clareira de diâmetro médio.

— Talvez seja só um animal pequeno — diz Tomás.

— Acho que não — retruca Edgar Wilson, farejando o ar.

Então duas aves acabam se chocando e algumas penas se desprendem, caindo lentamente. Uma delas toca o rosto de Edgar Wilson. Ele avança para além da pequena clareira e num conjunto de árvores mais afastado encontra o corpo de um homem estirado no chão. Tomás se aproxima e retira o chapéu. Fitam-no por algum tempo, em silêncio e em respeito.

Tomás suspira pesaroso e solta devagar a fumaça do charuto. Edgar Wilson se aproxima do corpo em decúbito dorsal e observa bem de perto os membros do homem.

— Parece que foi atropelado.

— Como você sabe?

— Ele tá bastante quebrado.

Tomás tira o charuto da boca e o apaga contra uma árvore. Coloca-o no bolso do macacão e retira o vidrinho com óleo. Molha a ponta do dedo e faz o sinal da cruz na testa e na boca do homem, balbuciando o sacramento dos mortos.

Em seguida, enfia o chapéu na cabeça e dá meia-volta para examinar com a ponta dos dedos o outro flanco do morto.

— Parece mesmo que foi atropelado. Está todo quebrado. Deve ter se arrastado até aqui.

— Não faz sentido — retruca Edgar. — Ele teria ficado na estrada. Pra pedir socorro.

— Acha que quem atropelou arrastou ele até aqui?

— Eu acho. Olha aqui a calça... Tá vendo essa lama? Foi arrastado.

— Como você sabe dessas coisas, Edgar? É melhor não responder. Prefiro nem saber — fala Tomás com desdém, afastando-se alguns metros e adentrando a mata. Abaixa-se e apanha no chão a cabeça oca de uma figura de São Pedro, que cabe na palma da mão. Olha para os cantos, buscando o resto do corpo do santo, revirando o mato com as mãos. Vê chaves de bronze e prata brilharem, as chaves que o santo segura na mão esquerda e que abrem as portas do céu. Na outra mão, o livro, na altura do baixo-ventre. Tomás suspende a estátua e beija o pé que se adianta, em respeito ao santo. A cabeça numa mão e o corpo na outra.

Edgar Wilson se aproxima e repara no que ele tem nas mãos. Faz o sinal da cruz sobre o peito.

— Quem quebra a imagem de um santo?

— Aquele que se julga mais santo — responde Tomás. Ele respira fundo e reserva para si alguns segundos de silêncio. — Tá jogado aqui faz tempo. Olha o lodo.

De dentro da cabeça oca sai um filhote de cobra, ainda bem pequeno. Tomás joga a cabeça no chão, que se parte em dois pedaços ao bater numa pedra.

— Maldita, quase me picou.

Tomás despreza o corpo do santo, devolvendo-o ao chão. Aproxima-se do corpo do homem e ajuda Edgar Wilson a suspendê-lo, cada um por uma das extremidades. Deixam-no na caçamba da unidade de Edgar coberto com a lona.

— Aqui é a unidade quinze-zero-oito.
— Bom dia, Edgar — diz Nete do outro lado do radiocomunicador.
— Encontrei mais um corpo. Precisa avisar a polícia.
— É corpo de mulher? Minha prima Berta ainda não apareceu.
— Não. É de homem.
Nete pigarreia e tosse em seguida.
— Por acaso conseguiu alguma informação sobre a minha prima Berta?
— Não, mas estou atento.
— O aniversário dela tá chegando. A tia vai fazer um bolo. Acha que ela vai aparecer.
Edgar não dá mais nenhum sinal do outro lado do rádio e apenas escuta Nete falar sobre a prima.
— A gente teve uma briga, a Berta e eu. Falei umas coisas pra ela e ela ficou bem chateada. Eu até me arrependo — Nete faz uma pausa para tossir. — Acho que ela se cansou da gente e foi embora pra longe. Fico triste pela tia. Você ainda tá aí?
— Na escuta.
— Quem me dera poder ir pra bem longe deste lugar, desta pedreira maldita. Mas eu gosto de pensar que a Berta está bem, e que por isso não procurou a gente.
— Deve ser isso.
Nete tosse novamente e um pouco de estática faz a comunicação falhar.
— Edgar, você não está com o corpo, está?
— Estou levando ele pro freezer.
— Não é sua função. Você só deve recolher os animais mortos. Só os animais. As pessoas são recolhidas pelo resgate.
— Eu não podia deixar ele lá.

— Vai perder seu emprego, Edgar Wilson. Depois não diga que não avisei. Você está infringindo todos os regulamentos.

Edgar desliga o rádio e desce da caminhonete ao ver dois homens se aproximarem. Um deles é o pastor que conduzia os fiéis ao redor da fogueira. O outro, magro e com os cabelos penteados para trás, se mantém calado e com o semblante sereno.

— A paz do Senhor, irmão — diz o pastor.

Edgar responde acenando sutilmente com a cabeça. Tomás se aproxima e solta a fumaça do seu charuto.

— Um dos membros da minha igreja disse ter visto um homem caído aqui na mata.

— Sim, encontramos ele. Tá na caçamba — responde Edgar.

— Soube também que encontraram uma mulher enforcada outro dia.

— Encontramos, sim.

— Meus homens andam orando por aqui. E estão de vigia também. A Bíblia nos ordena a orar e vigiar sem cessar.

Edgar e Tomás permanecem calados.

— Vivemos tempos difíceis, mas são os sinais do fim — diz o pastor, que se mostra um homem sereno, diferente daquele que marchava e pulava na noite anterior. Ele repara na coroa de espinhos tatuada no braço de Tomás.

— Você é um soldado de Cristo?

— Sempre que posso — responde Tomás.

— Será que posso dar uma olhada no corpo?

Edgar e Tomás se entreolham.

— É que tenho um irmão que tá sumido faz tempo. Sempre que sei de um morto, penso que pode ser ele.

O pastor e seu acompanhante seguem Edgar Wilson

até a caçamba da caminhonete. Edgar baixa a porta e suspende a lona.

— Não é ele — responde com um misto de decepção e alívio. Repara no animal morto ao lado do corpo do homem.

— Vocês são do resgate de animais, não?

— Somos. Recolhemos os animais mortos — responde Edgar.

— Ainda bem que vocês estão por aqui. De outro jeito, esse coitado ia apodrecer na mata.

O homem agradece e segue caminhando pelo acostamento, seguido por seu fiel, sentindo-se tão miserável quanto os outros homens, deixando evidente que por essas bandas a fé em Deus é o bem maior que possuem. É a única opção que resta.

Isso fica claro para Edgar Wilson, que observa por alguns segundos os dois homens se afastarem em passos comedidos; eles são conhecedores do fracasso humano, da insuficiência do ser e da dependência da força divina. Ali vai o homem que sepulta os mortos no rio e que faz reviver um novo ser humano. A única maneira de nascer de novo é morrendo.

Edgar Wilson estaciona no pátio do depósito seguido pela unidade de Tomás, e os dois retiram o corpo da caçamba para levá-lo até o freezer. A mulher ainda não identificada repousa em posição fetal; o homem, eles o colocam por cima.

— Viu se tem alguma identificação? — pergunta Tomás.

Edgar enfia a mão nos bolsos do homem e retira uma carteira preta de couro com documentos. Puxa a cédula de identidade.

— O nome é João.

Tomás vira a cabeça para o lado e olha para o rosto retorcido da mulher, cuja língua permanece para fora.

— Qual será o nome dela?

— Acho que nunca vamos saber. Só espero não encontrar mais nenhum corpo. Não temos mais espaço — diz Edgar Wilson.

PARTE II
Os mortos

5

Depois de caminhar por alguns metros, Edgar Wilson percebe ao longe a carcaça de um animal. Segue pela estrada de terra batida, que fica deserta a maior parte do tempo e é usada como atalho pelos motoristas que conhecem bem as imediações. Edgar fora atraído para esse trecho por causa de uma revoada de abutres. Assim como a podridão os atrai, os que se alimentam dela atraem Edgar. Tanto as aves carniceiras quanto ele se valem dos próprios sentidos para encontrar os mortos, e ambas as espécies sobrevivem desses restos não reclamados.

Todo nascimento é também um pouco de morte. Edgar já viu algumas criaturas nascerem mortas, outras, morrerem horas depois. Sua consciência sobre o fim de todas as coisas tornou-se aguçada desde que abatia o gado e principalmente agora, ao recolher todas as espécies em qualquer parte. Assim como não teme o pôr do sol, Edgar Wilson entende que não deve temer a morte. Ambos ocorrem involuntariamente num fluxo contínuo. De certa forma, o inevitável lhe agrada. Sentir-se passível de morrer fortalece suas decisões. Não importa o que faça, seja o bem, seja o mal, ele deixará de existir.

    Distrai-se dos voos dos abutres e caminha mais alguns metros em outra direção, para a caveira de uma vaca atirada no meio da estrada. Nota que não foi atropelada. Os ossos estão intactos, nenhum sinal de fratura. O couro foi levemente oxidado, consumido pela exposição climática. Não há sinal de vermes necrófagos ou pequenos insetos a devorá-la. Edgar Wilson inclina ainda mais o corpo ao perceber uma colmeia presa às costelas da vaca. Apanha um galho de árvore caído no chão e cutuca a colmeia, mesmo sabendo que é perigoso. Nada acontece. Cutuca-a com mais força e a colmeia se parte. Não há abelhas. Percebe algo pastoso e brilhante. Leva a mão até a colmeia e arranca um favo de mel. Cheira-o. Toca a ponta da língua. Diferente do que imaginou, não está podre. Come um pouco do mel. Agradam-lhe as pequenas explosões do favo rompendo em sua boca, algumas lascas muito finas que se prendem entre os molares superiores. Lambe o excesso de mel nos dedos e os limpa no macacão.

    Intriga-o o fato de não haver abelhas. Nenhuma. É a primeira vez que depara com algo do tipo. Uma colmeia oca. Fica de pé e olha para a frente, para o final da estrada de terra. Caminha até chegar à beira de um precipício. Uma espécie de abismo cujo fim é estreitado por rochas. O afunilamento não permite saber a sua profundidade, mas é assombroso olhar para aquele imenso vão.

    Tudo o que conseguiram construir da ponte erguida sobre o abismo foram seis metros. A estrutura de ferro está corroída, mas parece bem afixada na rocha. Há muitas sobras de materiais da antiga obra espalhadas pelo local.

Muitas vigas de ferro, madeira, um misturador de argamassa, algumas ferramentas e até mesmo um capacete caído ao lado de uma capa de chuva. Tudo foi abandonado. Deixado às pressas para ser resgatado depois. Porém, nunca voltaram. Deixaram a ponte inacabada, os materiais se deteriorando. Edgar olha para trás, para a caveira da vaca, e se pergunta como ela chegou até aqui. Porque não há nenhum morador por perto, muito menos um criador de gado.

Edgar Wilson sobe na ponte e faz um movimento com o corpo para verificar se está bem afixada. Toca a ponta do pé no limite da construção inacabada e olha para baixo. Pergunta-se aonde queriam chegar, já que do outro lado não há nada. Recua até pisar no solo. Em silêncio, apenas o som da própria respiração lhe dita a contagem dos segundos, enquanto observa o outro lado do precipício, para onde a ponte levaria, e seus pensamentos permanecem acobertados por um rígido céu cinzento.

Volta para o veículo e no caminho puxa pelas costelas a carcaça ressequida e a arrasta consigo. Ao suspendê-la, as partes se desprendem e é preciso jogá-las aos pedaços na caçamba. O favo de mel se rompe e escorre o melado sobre as vísceras de uma capivara estirada na caçamba. Sentado atrás do volante, esfrega os olhos e boceja. Manobra o veículo e volta para a estrada. O radiocomunicador chia e ele atende:

— Sim, Nete.

— Edgar, estamos com um problema no depósito.

— Estou ouvindo. Pode prosseguir.

— O freezer onde você deixou os corpos parou de funcionar de vez — o ruído da interferência cala Nete por um instante. — Acho que foi pela madrugada. Está insuportável. A última vez que senti esse cheiro foi quando meu tio atropelou um cavalo na rodovia e demorou dois dias para retirarem o bicho de lá. Eram quilômetros de podridão.

— O que quer que eu faça?

— O Gusmão só volta na semana que vem. Deixou a secretária dele pra resolver as coisas, mas aquela garota não bate bem da cabeça. Ela sugeriu moer os corpos com os outros animais! Liguei para o sargento Americo, mas ele disse que não pode fazer nada. Não tem como buscar os corpos e não sabe quando o rabecão poderá vir.

— Mas então o que quer que eu faça?

— Que você dê um jeito nisso o quanto antes, senão esses pobres coitados vão parar no moedor. Eu tô te dizendo, essa garota é uma estúpida.

Tomás contrai os lábios e aperta os olhos ao tragar o charuto. Inspira toda a fumaça de que é capaz e solta uma baforada na cara de Edgar Wilson, que nem ao menos pisca.

— Eu não sei, Edgar. Dar a extrema-unção é uma coisa, mas ser responsável pelos cadáveres é bem diferente.

— Já ouvi você dizer que quando se salva uma vida, nos tornamos responsáveis por ela.

Tomás acena positivamente com a cabeça. O garçom coloca um caneco de cerveja com dois centímetros de colarinho e um prato com costela, batata e agrião servido generosamente à frente de Edgar Wilson. Ele imediatamente dá uma garfada no meio do prato e enfia na boca um suculento pedaço de batata cozida no caldo de carne. Tomás limita-se a seu charuto e observa o apetite desmedido do colega.

— É verdade. Eu disse isso — responde Tomás.

Edgar engole alguns pedaços da carne da costela com agrião antes de responder:

— Se você encontra um morto você também se torna responsável por ele.

Enfia mais uma garfada na boca.

— Ele tem razão — diz Espartacus, aproximando-se. Ele puxa uma cadeira e se senta apoiando os braços sobre a mesa.

— A questão é que somos pagos pra recolher os animais mortos e dar um fim neles. Pessoas não são animais. Não podemos simplesmente colocar elas no porta-malas do carro e sair por aí procurando um necrotério. Podemos ser presos por isso — questiona Tomás.

— O que sugere? — pergunta Edgar Wilson.

— A gente pode tentar encontrar outro freezer.

— Eles estão apodrecendo — afirma Edgar.

— Se eu tivesse como ajudar, eu juro que deixava os corpos ficarem aqui. Mas Deus do céu, isto aqui é um restaurante. Não posso manter dois cadáveres congelados. E a polícia? — diz Espartacus.

— Eles não podem fazer nada. Simplesmente esses defuntos não têm ninguém.

Edgar Wilson volta a saborear seu jantar e sorve o agrião entre os lábios. Acena para o garçom lhe trazer mais um caneco de cerveja. Tomás indica que também quer um.

O movimento do restaurante se intensifica no início da noite e mais um ajudante chega para servir os clientes. Os três homens permanecem em silêncio por alguns instantes e parecem querer ouvir a música que começou a tocar no jukebox. Espartacus deixa o semblante cair e mira um ponto da mesa.

— Que miséria. Que miséria de vida morrer e não ter ninguém que te faça uma cova — lamenta Espartacus. Ele olha o restaurante, seu empreendimento bem-sucedido e alguns rostos que considera amigos. Inspira profundamente enchendo o peito de ar e o solta com força. — Não gosto de pensar na morte, mas eu penso. Só espero mesmo que alguém me enterre e faça uma lápide com o meu nome. É tudo o que vai me restar, não é mesmo? Minha lápide.

O garçom coloca os dois canecos de cerveja sobre a mesa.

— Tudo bem, Edgar Wilson. Eu vou com você. Você é o filho da puta mais nobre que eu conheço — exclama Tomás em voz alta com uma batida na mesa. Ele ergue seu caneco como se brindasse no ar e bebe até restar metade. Seca a boca com a manga da camisa e põe o caneco novamente sobre a mesa. Edgar nada responde, apenas soergue as sobrancelhas e dá um leve sorriso, demonstrando satisfação com a decisão de Tomás.

6

Antes de o sol nascer, Edgar Wilson estaciona seu carro em frente à casa de Tomás. Este, de pé na calçada, o espera segurando contra o corpo uma garrafa térmica e duas canecas de louça. Entra no veículo e se acomoda, deixando o café para depois. Diante do portão do depósito, Edgar buzina para o vigia abri-lo. O homem abre o portão, Edgar buzina de leve, em agradecimento, e para na primeira vaga que encontra.

— Onde colocaram o freezer? — pergunta Edgar, aproximando-se do vigia.

— Tá lá nos fundos do galpão. O cheiro tá bem ruim.

— Tem uma lona ou um plástico grande?

— Tenho plástico. Vou buscar.

Edgar e Tomás dirigem-se até os fundos do galpão. O cheiro é forte. Fede. Colocam suas máscaras de proteção descartáveis e abrem o freezer para remover os dois corpos. Deitam-nos sobre o chão. O vigia entrega a Edgar um plástico preto grande e sai de perto o mais depressa que pode.

Tomás estende o plástico no chão. Com um estilete o corta em dois pedaços grandes. Ajudado por Edgar Wilson, deposita o corpo da mulher sobre um dos plásticos, prende uma das bordas na lateral do corpo e o rola com cuidado até estar perfeitamente embalado. Com um pedaço de barbante, amarra as extremidades. Faz o mesmo com o corpo do homem. Edgar e Tomás carregam os dois charutos gigantes até perto do carro e os deitam no chão do estacionamento.

Edgar Wilson abre o porta-malas devidamente vazio. No banco traseiro, apanha um saco grande. Rasga-o com os dedos e deposita as bolinhas de naftalina no porta-malas antes de colocar os corpos, acomodados confortavelmente lado a lado. Edgar suspende do chão do carro, entre o banco do motorista e o assento traseiro, uma garrafa de dois litros de desinfetante com aroma de pinho. Despeja todo o conteúdo sobre os corpos, joga a garrafa vazia no porta-malas e fecha.

— Espero que não faça um dia quente — diz Edgar Wilson, olhando para o alto.

O dia, por fim, amanhece pesado. Uma camada grossa de nuvens reparte o céu, deixando o brilho do sol e o azul límpido em outra dimensão. As primeiras gotas de chuva caem sobre o para-brisa da Caravan. O rádio, baixinho, narra os principais acontecimentos dos últimos dias. Mas em nada esses acontecimentos envolvem os dois homens sentados neste carro. Tudo parece muito distante daqui. Ninguém parece se importar com animais mortos em estradas ou corpos sendo transportados ilegalmente de uma cidade a outra em busca de um fim.

Tomás respira fundo e abre uma fresta da janela. O vento frio bate em seu ouvido provocando um zumbido ininterrupto. Solta a fumaça do charuto pela fresta, mas o vento a empurra de volta. Edgar Wilson não se importa. Dirige com uma mão e com a outra segura uma caneca com café. O sabor do grão torrado por Tomás transforma-o no melhor café que já provou. Tomás derrama mais um pouco da bebida na caneca de Edgar antes de se servir de novo. Edgar olha rapidamente para trás e verifica os dois galões de gasolina com cinco litros cada um. Aproveitou a distração do vigia e extraiu todo o combustível possível de duas caminhonetes estacionadas no depósito. Com uma mangueira comprida, encheu o tanque do próprio carro, e o que sobrou pôs nos galões. De acordo com os seus cálculos, seu carro percorre cinco quilômetros com um litro de gasolina. É dispendioso, porém com o tanque cheio conseguirá percorrer os quase duzentos e cinquenta quilômetros do total da viagem. Os dez litros nos galões funcionam como uma margem de segurança.

Tomás abre o porta-luvas e apanha o documento impresso e assinado pelo sargento Americo, em que consta que os corpos estão sendo mantidos no freezer do depósito até serem devidamente removidos. Caso sejam parados na estrada pretendem se valer desse documento e de suas identificações como removedores de animais mortos.

— Acho que vou pescar na minha folga — comenta Tomás.

— Onde?

— Num trecho limpo do rio que fica lá pra cima. Tem que se embrenhar no meio do mato, dá um certo trabalho, mas é bom.

— Pesca o quê?

— Bagre. Sempre consigo uns bem bonitos. É um peixe difícil de pescar. Quando fisga o anzol ele se debate com muita força. Tá vendo isto aqui? — Tomás suspende o dedo indicador. — O miserável se debatia tanto, mas tanto, que rasguei o dedo enquanto tirava o anzol da boca dele. Tive que levar três pontos. Se quiser, uma hora te levo comigo.

— Prefiro caçar.

— O que gosta de caçar?

— Qualquer coisa, desde que se mova.

Tomás sorri e beberica o café. A chuva se torna mais agressiva conforme avançam pela estrada sentido contorno sul para a rodovia que os levará até a cidade vizinha.

— Preciso tirar uns dias de folga pra caçar.

— Vai caçar o quê?

— Búfalos.

— Soube que tem uns soltos por aí.

— Foi uma criação que não deu certo e o fazendeiro largou na mata.

Tomás traga seu charuto e demora com a fumaça na boca. Edgar Wilson abre sua janela até a metade e puxa o cigarro preso atrás da orelha. Deixa o volante à deriva por um breve momento e risca um fósforo para acender o cigarro.

— Vai fazer o que com um búfalo?

— Vender pra um taxidermista. Ele disse que pagam bem por um búfalo.

— Imagino que sim — Tomás avista uma placa indicando a entrada de um armazém. — Pode parar um instante? Preciso comprar aspirinas.

Edgar encosta à margem da estrada, à direita, mantendo-se a alguns metros da entrada do armazém, cuja fachada de madeira possui um letreiro desgastado. O imóvel fica num desnível e tem uma rampa de acesso. O teto e o letreiro são tudo o que se pode ver de onde estão. Edgar espera no carro enquanto Tomás vai até a loja. Dois minutos

depois, ele abre a porta e senta-se novamente acenando com a mão para que siga com o carro.
— Não abrem no sábado. São adventistas do sétimo dia. Deus do céu!
Tomás aperta os olhos e esfrega suavemente a testa, sem apagar o charuto. O horizonte está escuro, indicando mais chuva à frente. Edgar reduz um pouco a velocidade e mantém os faróis baixos quando sente os pingos de chuva baterem com maior intensidade contra o para-brisa.
— Aconteceu num sábado. Jesus foi comer na casa de um certo líder dos fariseus e como sempre todas as pessoas estavam de olho nele. Pelo caminho, encontrou um homem doente, com inchaços, que sofria de hidropisia. Então Jesus foi até aqueles que o estavam observando, e que evidentemente não eram pessoas simples, e tentavam envergonhá-lo: fariseus e professores da lei. Perguntou se era permitido curar ou não num sábado. Eles não responderam nada. Não porque não soubessem a resposta; é claro que para eles a resposta era não. Mas eles queriam ver como ele se saía. Jesus segurou o homem, curou e depois mandou que fosse embora. Então, ele se virou para aqueles que estavam observando toda a cena e disse: "Imaginem que vocês tivessem um filho ou um boi que caísse num poço num dia de sábado. Vocês tirariam ele de lá mesmo sendo sábado?".
— O que eles disseram?
— Nada. Não disseram nada.
Edgar Wilson termina seu cigarro e joga a guimba ainda acesa pela janela. Alguns pingos de chuva tocam-lhe o braço, mas não o incomodam. Por isso mantém a janela baixada e o braço parcialmente apoiado do lado de fora. Tomás puxa o chapéu para cobrir os olhos, reclina o corpo sutilmente e descansa. O rangido do limpador do para-brisa

narra os minutos que transcorrem. Nos dias em que o céu está toldado, os olhos de Edgar Wilson ficam turvos. Poderia ter deixado os corpos de ambos exatamente no local onde os encontrou. Desde que os recolheu, tornou-se responsável por eles. De certa forma isso o faz se sentir menos miserável, porém não mais feliz. Nenhuma pessoa é capaz de se lembrar da hora do seu nascimento, mas o momento da morte, a todos é conhecido. Acostumado a lidar com o fim das coisas, Edgar Wilson não gosta de deixar os homens insepultos. Justiça não haveria para ambos, mas um túmulo e uma pequena lápide talvez conseguisse.

O carro perde velocidade e isso desperta Tomás do seu cochilo. Suspende o chapéu e olha para a frente.

— Foi uma batida?

Edgar Wilson não responde e espicha o pescoço para enxergar melhor.

— Vamos dar uma olhada, Edgar.

Edgar Wilson para o carro no acostamento e deixa o pisca-alerta ligado. O mau tempo causa uma pequena neblina na região. Ambos saem do carro e se aproximam do automóvel que bateu contra uma motocicleta. O acidente acabou de ocorrer. Sai fumaça do capô do carro. Uma mulher está atrás do volante e há uma menina desacordada sentada a seu lado. Tomás avista o corpo de um homem lançado a metros de distância e vai até ele. Edgar caminha até a mulher.

— A senhora está ferida?

— Não sei... não sei — diz a mulher, atordoada.

Ela tenta acordar a menina, que aparenta ter uns doze anos de idade. Edgar percebe o fogo que começa a sair do capô. Abre a porta e puxa a mulher enquanto ela grita agarrada ao corpo da menina, que permanece desacordada.

— Eu preciso tirar a senhora primeiro — ele diz com firmeza, sem emoção.

A mulher apenas se debate e insiste em permanecer no carro. A menina está com as pernas presas e seu assento se inclinou para a frente, esmagando sua caixa torácica. Edgar puxa a mulher com força, mas ela o chuta e o esmurra, recusando-se terminantemente a sair do carro. Pede que tire primeiro a filha, mas é impossível remover a menina sem repartir as ferragens.

Tomás segura com cuidado a cabeça do motociclista estendido no chão. Coloca delicadamente a mão sobre o peito do homem, que solta golfadas de sangue e balbucia uma prece. Tira do bolso o vidrinho com água benta, molha a ponta do dedo e faz o sinal da cruz na testa e na boca do homem. Enquanto morre, agarra com força o braço do padre, que se mantém ali, amparando-o em seu momento de morte. Ao menos não está sozinho. Tomás lhe dá algum conforto. Ninguém nasce só e não deveria morrer só. Tomás permanece rezando baixinho e vislumbra o momento exato em que o fôlego de vida deixa o homem e volta para Deus. Os peixes, mesmo mortos, brilham. Os homens quando morrem são cobertos de trevas e tudo se apaga rapidamente. O que havia nesses olhos se foi. Não há mais nada ali.

Edgar Wilson ainda trava uma luta em silêncio enquanto tenta retirar a mulher de dentro do carro. O fogo se intensifica, e segundos antes que o veículo exploda ele arrasta a mulher para fora, segurando-a como pode, e imagina que no dia seguinte ela terá alguns hematomas pelo corpo. Ela cai por cima dele e ambos vão ao chão com o impacto da explosão do veículo. A chuva não impede que a chama suba em direção ao céu. A mulher, atirada ao chão, deita o rosto sobre o asfalto e grita incessantemente. Não aceita ser tocada. Levanta-se e rodeia o carro gritando pela filha, que jazia ali antes do fogo. Impotente e esgotado, Edgar Wilson volta para o seu veículo e se senta atrás do volante. Tomás tenta acalmar a mulher, mas ela o empurra e o xinga. Com passos curtos, Tomás também retorna para a Caravan e se senta ao lado de Edgar Wilson. Os dois assistem à segunda explosão do carro e aos gritos da mulher, que caminha de um lado para outro em meio ao fogo e à chuva.

Edgar Wilson suspira, gira a chave na ignição e arranca dali o mais depressa possível.

7

Na última hora a chuva se tornou mais áspera e a temperatura caiu em sete graus. Tomás esfrega as mãos antes de servir o que resta do café ainda quente na garrafa térmica. Divide-o com Edgar Wilson, que bebe enquanto dirige com uma das mãos. Precisaram parar por dez minutos devido à intensidade da chuva e da onda de raios que caíam na região. Não há fileira de carros para cruzarem o pedágio. Tomás conta algumas moedas e as passa para Edgar Wilson, que arria a janela do carro e estica o braço para entregá-las à mulher no caixa. Ela recebe as moedas, coloca-as sobre o balcão e confere sem pressa. Imprime um recibo e entrega a Edgar. A cancela se levanta e antes que possa arrancar com o veículo um rosto surge na janela ao lado de Tomás. O homem bate no vidro e Tomás gira a maçaneta para abri-la.

— Bom dia — Edgar Wilson imediatamente olha para o uniforme molhado do policial rodoviário.

— Bom dia — responde Tomás.

— Os senhores se importam em me dar uma carona até a próxima cidade?

Tomás sabe que não deve hesitar em nenhum instante e imediatamente se prontifica em responder:

— Claro que não.

O policial rodoviário senta no banco traseiro, retira o quepe, bate as gotas de chuva dos ombros e encolhe um pouco os joelhos para se acomodar melhor.

— Problema com a viatura, policial? — pergunta Tomás.

— Tivemos uma ocorrência de um acidente e o outro policial seguiu para lá. Mas eu preciso voltar para o quartel. Encerrei o meu turno.

Tomás não menciona o acidente que viram alguns quilômetros atrás, porém imagina que se refira a ele. O policial repara nos galões no chão do carro. O cheiro forte de gasolina e pinho deixa-o nauseado.

— Esse temporal pegou todo mundo de surpresa — comenta Tomás.

— Sim. Mas por essas bandas isso acontece muito. O tempo vira de uma hora pra outra. O pior são os acidentes.

Os quilômetros seguintes são transcorridos tendo por som propagador somente o motor do carro e as músicas da rádio. O tempo não dá sinais de melhora, apesar de a chuva ter diminuído de intensidade. Viaturas da polícia rodoviária fiscalizam alguns veículos e Edgar Wilson diminui a velocidade do carro sob o sinal de um dos policiais. Abre a janela ao parar. O homem se inclina e pede os documentos do motorista e do veículo. Edgar abre o porta-luvas enquanto o policial reconhece o colega de trabalho sentado no banco traseiro.

— Estou voltando pro quartel.

— Pensei que estivesse com o Fonseca.
— Encerrei o meu turno.
O policial rodoviário segura os documentos de Edgar. Olha para os dois homens e pensa por alguns instantes.
— Vocês dois podem descer, por favor?
Edgar e Tomás entreolham-se e descem em silêncio. Afastam-se alguns metros do carro e param quando o policial indica que permaneçam ali.
— Conhecem ele? — acena com a cabeça para o carro.
— Não, senhor. Ele pediu uma carona no pedágio — responde Tomás.
— Estamos com um problema sério. A família dele sofreu um acidente na estrada há uma hora e parece que a filha morreu. É a única filha. A esposa está em choque. Não sei como dar essa notícia pra ele.
— Ele é padre — diz Edgar Wilson, acenando para Tomás.
— Eu falo com ele — diz Tomás.
— Obrigado, padre.
Os dois retornam para o carro e o policial rodoviário despede-se do colega sentado no banco traseiro com um aperto de mão e entrega os documentos a Edgar Wilson, certificando-se de que está tudo em ordem. Tomam novamente a estrada e cinco quilômetros depois o carona aponta para um posto de gasolina com um amplo estacionamento, onde dezenas de caminhões estão parados. Diz que o seu quartel fica próximo ao posto e que dali seguirá caminhando.
Edgar Wilson estaciona o carro e os três homens descem. Ele vai ao banheiro e, depois de usar o mictório, lava as mãos, que ainda contêm vestígios de fuligem. Joga água no rosto e assim afasta qualquer sono. Vai até o balcão do

restaurante, onde alguns homens já estão almoçando, e pede um enroladinho de salsicha e café preto.

Come do lado de fora, sob uma marquise, sentado numa mureta com a pintura desbotada. Ao longe, Tomás segura o homem abalado, que chora copiosamente e abraça-o como uma criança desamparada. A força das pernas desaparece e o homem permanece apoiado inteiramente sobre Tomás, que suporta, além do próprio peso, todo o resto à sua volta.

Edgar pode ouvir os soluços do homem mesmo com o barulho da chuva batendo no telhado, entrecortado apenas pelo som do motor de um caminhão que parte ou chega. Tomás tem esse poder confortador diante da morte, diante das piores notícias, e sabe disso. Não é um homem santo de paróquia, mas um homem de dores, um santo das estradas, disponível para Deus e para os homens, servindo da maneira que melhor sabe: vivendo no encalço da morte.

Edgar Wilson não diz, mas gosta de tê-lo por perto, ao seu alcance. Só uma coisa realmente o apavora: morrer sozinho e ser deixado para trás. O medo da própria destruição é inato a todo animal. O medo de Edgar vai além: é esse medo de ser devorado por abutres, comido ao ar livre por vermes necrófagos, de ter sua carne exposta ao vexame.

O homem atrás do balcão folheia calmamente um livro grosso de capa preta. Os óculos de aro fino estão pendendo na ponta do nariz. Edgar Wilson toca a campainha sobre o balcão, mas o homem nem sequer suspende a cabeça, permanece manuseando as páginas até que se detém por um instante. Apanha um papel e anota algumas informações com um lápis. Ao terminar, fecha o livro e o deixa sobre uma

mesa. Retira os óculos e os deixa pendurados no pescoço por uma fina correntinha de prata. Aproxima-se do balcão até tocá-lo com a ponta do umbigo da sua imensa barriga.
— Pois não, em que posso ajudar?
— Trouxe dois corpos.
— Trabalha para qual funerária?
— Pra nenhuma.
— Então você é da onde?
— Trabalho removendo animais mortos nas estradas.

Edgar Wilson entrega ao homem sua carteira de identificação do órgão em que trabalha. O homem estende a carteira e levanta os óculos por uma das hastes e verifica a foto e o nome. Em seguida devolve o documento a Edgar Wilson.
— Mas aqui só recebemos corpos de pessoas.
— Eu sei. Trouxe dois.
— Corpos de pessoas?
— Sim.
— Mas você não é do órgão que recolhe animais?
— Isso mesmo. Mas tenho dois defuntos no meu carro que preciso deixar aqui.
— Mas isso é com a polícia.

Edgar Wilson retira do bolso o documento assinado pelo sargento Americo e que em seu entendimento lhe confere algum respaldo. O homem coloca novamente os óculos e analisa devagar o que está escrito no documento.
— Esses corpos deveriam ter sido trazidos para o IML por um rabecão. Não é o seu trabalho — fala enquanto retira os óculos mais uma vez e os deixa pendurados sobre o peito.
— Eu sei. Mas o sargento disse que o rabecão está na oficina.
— Isso é verdade — suspira o homem, lamentando a situação.

— Os corpos estavam no freezer do depósito pra onde levamos os animais mortos. Mas não podem ficar mais lá.

— E por que você trouxe eles? São seus parentes?

— Não. Mas encontrei os corpos na mata e não quis deixar pra trás.

— Entendo.

O homem se cala por alguns instantes. Olha bem para Edgar Wilson e para o relógio pendurado na parede ao lado.

— Hoje fechamos mais cedo — o homem indica com a cabeça um cartaz pregado embaixo do relógio. *Sábado: Aberto até às 14h*. Edgar Wilson suspende os olhos e verifica que faltam apenas sete minutos. — Eu até poderia abrir uma exceção pra você...

— Edgar Wilson, senhor.

— Muito bem, Edgar Wilson. Eu realmente gostaria de ajudar você, mas é que estamos com uma superlotação de corpos aqui no IML. Como hoje é sábado, eu imagino que lá por terça ou quarta-feira já teremos espaço para os seus.

— Mas eu não posso voltar aqui. Trabalho a semana toda. Hoje é meu dia de folga. Não posso voltar com os corpos.

O homem sai de trás do balcão e faz sinal para que Edgar Wilson o acompanhe. Eles seguem por um corredor largo e comprido. Ao fundo há uma bifurcação, onde viram para a esquerda e caminham até o final. O homem empurra a porta e eles entram na sala. Edgar cobre a boca e o nariz com a mão.

— Eu sei. O cheiro é terrível — diz o homem ao retirar do bolso um lenço branco e amarrá-lo atrás da cabeça.

São diversos tamanhos de corpos embalados em plásticos pretos e transparentes. A pilha cresce contra a parede que serve de apoio. Há duas grandes estantes de aço que comportam corpos menores, provavelmente de crianças, pensa Edgar Wilson. A sala é grande e pouco iluminada. Conta apenas com uma janela gradeada com os vidros abertos.

— Esses aqui — o homem aponta para uma das pilhas de corpos — são os não reclamados. Ninguém até agora veio atrás deles. Segunda-feira vão para o cemitério municipal. Aquela outra pilha ali chegou hoje. Vamos esperar até terça, no máximo quarta-feira, e aí despachamos também. Só podemos manter eles aqui por setenta e duas horas. Está vendo? Não tem espaço nem pra andar aqui dentro.

— Ninguém procurou por eles?

— Até agora não. Essa é a ala dos não reclamados, esses mortos que ninguém quer. O pior está ali — o homem aponta para uma das estantes. — São as crianças. Aquele pacotinho ali é um bebezinho. A gente até tenta segurar as crianças por mais tempo, pensando que alguém vai aparecer, mas é raro. Quando chegam nesse setor, já era.

Saem da sala dos mortos, e no corredor, mesmo com o mau cheiro, conseguem respirar mais aliviados. Edgar Wilson, acostumado com a pilha de corpos de animais mortos e com o cheiro podre do moedor, permanece mais introspectivo que o habitual. Retornam à recepção, onde o funcionário dá meia-volta e mais uma vez se posiciona atrás do balcão. Debruça-se próximo a Edgar Wilson e diz:

— É uma miséria, não é?

Edgar concorda com a cabeça. Agradece ao homem e se vira para sair do local, sentindo os passos afundarem no chão.

— Escuta... — começa o homem. Edgar se vira e olha para ele. — Há outro IML não muito longe daqui. Fica na próxima cidade. Siga pela rota 67 e assim que você vir o circo, é só virar à direita. Fica aberto até a meia-noite. Diga que foi o Nildo que mandou você.

Edgar Wilson acena e atravessa a porta da rua o mais rápido que pode. Do outro lado, Tomás o aguarda sentado no banco do carona, com a janela parcialmente arriada e com o seu chapéu deitado sobre o rosto. Edgar abre a porta do carro e toma assento atrás do volante. Sem mover o chapéu, Tomás resmunga, sonolento:

— E então? Deixou eles aí?
— Precisamos ir até a próxima cidade. Não podem ficar com eles.

Tomás, por fim, suspende o chapéu com uma das mãos e olha intrigado para Edgar Wilson.

— Como não podem ficar?
— Estão sem espaço. Superlotação.
— Por Deus! — murmura Tomás com um suspiro e novamente se aquieta sob seu chapéu, como se isso de alguma forma espantasse todo o horror que o cerca.

8

São duas da tarde e a aglomeração de nuvens impede que a luz do sol rompa o bloqueio, tornando o dia uma quase noite. Vez ou outra chove e a temperatura cai aos poucos, transformando os espaços abertos em uma espécie de imensa câmara fria. Edgar Wilson sente os dedos enrijecidos e por várias vezes precisa soltar o volante e esticá-los por breves segundos, como se isso reativasse a circulação sanguínea das mãos.

O letreiro neon parcialmente apagado brilha suas luzes defeituosas, o suficiente para chamar a atenção de quem passa, já que contrasta com os trechos desertos, com os vastos campos abertos de onde se avistam poucas casas. Edgar Wilson estaciona o carro em frente ao restaurante, aberto até às três da tarde.

Tomás coloca o chapéu na cabeça e coça os olhos ainda vermelhos por causa do cansaço acumulado e desce do carro antes de Edgar Wilson. Os dois atravessam a porta do restaurante e os clientes que comem no local dirigem o olhar para eles. Param lado a lado no pequeno bar que fica no canto do salão e apontam para uma garrafa de rum sobre a prateleira. O barman lhes serve uma dose e assim, embalados pelo hálito quente e adocicado da bebida, sentam em uma das mesas vazias e pedem à garçonete o prato do dia e um refrigerante de um litro.

— Ao menos com esse dia frio os corpos no porta-malas vão aguentar um pouco mais — comenta Tomás, tirando o chapéu e pousando-o na cadeira ao lado.

Edgar Wilson ouve, mas não reage, pois está com o dedo indicador mergulhado num mapa rodoviário, o mesmo que utiliza em seu trabalho pelas estradas, buscando a cidade vizinha para onde devem ir.

— Mais uns sessenta quilômetros e chegamos lá — diz Edgar Wilson.

A porta do restaurante se abre e duas crianças correm para encontrar lugar numa das mesas, disputando o mesmo assento, ainda que os outros estejam vazios. Logo atrás, seus pais os repreendem e tentam convencer os dois irmãos a cederem o lugar um para o outro. Irredutíveis, os meninos choram e por fim o pai oferece um benefício ao mais velho, que aceita dar lugar ao mais novo, estabelecendo o silêncio outra vez no local.

Tomás puxa o mapa rodoviário das mãos de Edgar Wilson e verifica o local para onde se dirigem. Deslizando suavemente o dedo por uma das linhas desenhadas, ele se detém num desvio de trinta quilômetros à esquerda e permanece pensativo por alguns instantes, até ser despertado pela mulher carregando dois pratos cheios de comida e pedindo licença para acomodá-los em frente aos homens. O menino que a segue coloca a garrafa de refrigerante e dois copos no centro da mesa.

Em silêncio almoçam e em silêncio fumam do lado de fora do restaurante enquanto esperam a pancada de chuva passar. Tomás está afastado, com o charuto apoiado num canto da boca, sentado numa mureta e lendo passagens de um pequeno exemplar da Bíblia que costuma carregar no bolso da calça ou da camisa. Ele espreme os olhos e balbucia para si, enquanto Edgar Wilson observa a chuva, apoiado numa pilastra de concreto. Assim permanecem por cerca de meia hora e, quando as águas diminuem, Edgar Wilson chama por Tomás e caminha em direção ao carro. Tomás acena com a cabeça, faz o sinal da cruz, fecha a Bíblia e a enfia no bolso da calça. Apaga a brasa do charuto contra a sola da bota e caminha até o carro. Abre a porta do carona e se acomoda. Edgar Wilson arranca com o carro e toma a estrada de novo.

— Gostaria de dar uma passada num lugar que fica no caminho — diz Tomás.

— Que lugar é esse?

Tomás hesita por alguns segundos antes de responder, meneando sutilmente a cabeça e deslizando os olhos de um lado a outro da estrada, como se procurasse por uma resposta.

— Um pequeno município. Já não me lembrava bem do lugar. Mas vi que fica uns trinta quilômetros ao norte do nosso destino.

— O que tem lá?

— Um cemitério.

Edgar Wilson apanha o mapa rodoviário sobre o painel do carro e o entrega a Tomás.

— Então veja aí e me diga qual é a direção.

Tomás desdobra o mapa e percorre com os olhos o trecho que já havia identificado minutos antes.

— Pegue a saída 362, depois da rotatória — diz Tomás enquanto dobra o mapa e o devolve ao painel do carro.

Seguem em silêncio por alguns quilômetros. A chuva parou, mas o céu permanece encoberto como se invocasse dias de penitência. Ao passarem por uma rotatória, Edgar Wilson avista a antiga placa da saída 362 e vira à direita. Tomás apanha o mapa outra vez e, apressado, o desdobra. Espreme os olhos entre as linhas finas e as letras miúdas e detalha as novas coordenadas, até que chegam a um trecho distante da rodovia, embrenhando-se por uma estrada sem conservação do asfalto e dos postes de iluminação. Tomás está mais alerta e desce o vidro da janela porque isso lhe dá a sensação de estar ainda mais inserido no local. Inspira o ar gelado e limpo. Edgar Wilson dirige a uma velocidade reduzida por causa das depressões que há pelo caminho e olha para Tomás, que evita encará-lo.

— O que tem nesse cemitério?

— Pessoas mortas — ironiza Tomás, tentando disfarçar a própria ansiedade.

Edgar Wilson não retruca e continua dirigindo até chegar à entrada principal do que parece ter sido um vilarejo e não um município. Manobra o carro e passa por baixo dos portões de ferro e concreto destruídos pelo tempo e pela negligência. Das letras enferrujadas no alto dos portões restaram apenas um B e um T. Edgar Wilson estaciona o carro quando lhe parece conveniente, já que Tomás não faz menção nenhuma. Desliga o motor e mantém as chaves na ignição. Antes de abrir a porta para sair, olha para Tomás, cujos olhos se detêm adiante, como quem recorda do que não gostaria.

— Vamos, então? — sugere Edgar Wilson.

Tomás, em silêncio, abre a porta do carro e desce ajeitando a camisa para dentro das calças. Olha para trás, onde estão os portões enferrujados, e gira sobre os calcanhares, como se estivesse fazendo um reconhecimento milimétrico do lugar. Edgar Wilson acende um cigarro e se aproxima de Tomás.

Diante da inquietude das ruínas das casas abandonadas e de alguns automóveis completamente tomados pela vegetação, Edgar Wilson percebe que somente a pequena igreja e o cemitério resistiram ao tempo. O lugar de Deus e dos mortos. Aquilo que é sagrado não foi depredado ou devastado pelas décadas de abandono.

Tomás caminha pelas ruas sem asfalto, engolidas pelo mato e por galhos de árvores. Edgar se mantém alguns passos atrás, dando espaço para Tomás; diferente da maioria, Edgar Wilson sabe esperar. Somente o som das botas dos dois homens sobre o chão parcialmente coberto de folhas secas, alguns gravetos e cascalhos ecoa. Edgar Wilson observa as árvores altas, ressequidas pelo outono. Não vê um pássaro no céu ou pousado nas centenas de galhos que se entrecruzam no alto, quase transformando trechos das pequenas ruas em um túnel. Do mesmo modo, não ouve nenhum coaxar ou coisa que o valha. O lugar não parece ter sido abandonado só pelas pessoas, mas por todo o reino animal. Como se toda a sua vitalidade tivesse sido extinta.

Por fim, diante dos muros baixos do cemitério cujo portão está em parte desabado, Tomás coloca as mãos na cintura e com força puxa o ar frio para dentro dos pulmões. Expira lentamente, como em um exercício de relaxamento. Edgar Wilson para ao seu lado, joga a ponta do cigarro no chão e a esmaga com o pé.

— Quando garoto eu vivi aqui — começa Tomás. Ele aponta para uma casa pequena, cinza, com vestígios de uma tinta azul e totalmente tomada pela vegetação. — Eu morava naquela casa. Não sabia que tudo tinha se acabado. Depois que meu pai morreu, minha mãe vendeu a casa, pegou meu irmão mais novo e eu e fomos embora daqui. Tá vendo aquela janelinha ali, a da direita? Era o meu quarto. Eu sempre via o cemitério da minha janela. Assisti dali mesmo a várias celebrações do padre nos enterros que aconteciam. Foi assim que tomei gosto pela vocação. A morte e o sagrado estão sempre juntos.

Tomás caminha em direção à casa em passos comedidos enquanto continua a remoer e compartilhar com Edgar Wilson as memórias de sua infância. Chegam à entrada da casa, cujo pequeno quintal ainda conserva o balanço de pneu pendurado numa árvore.

— Foi meu pai que instalou aquele balanço. Até minha mãe gostava de se balançar nele, mas depois foi deixando de gostar.

Tomás olha para trás e a visão do cemitério agora se torna mais assustadora. A inclinação do terreno permitia aos moradores da casa ter uma vista privilegiada do cemitério ao mesmo tempo que as esculturas de gesso, já desbotadas, refletiam aquela espécie de falsa tranquilidade. Os anjos ali retratados pareciam não apenas guardar os túmulos, mas também estar em constante estado de vigilância sobre aqueles que estavam ao redor.

— Seu pai tá enterrado aqui?

— Não. Ele foi enterrado junto dos meus avós. Num lugar longe daqui.

— Então, quem tá aqui, Tomás?

— O homem que eu matei.

Tomás se afasta da casa de sua infância e caminha em direção à entrada do cemitério, seguido por Edgar Wilson.

Verifica a numeração das quadras que setorizam as covas e depois de ziguezaguear por entre vielas de túmulos encontra o que procura. Apanha o charuto no bolso do casaco e o leva à boca para em seguida acendê-lo. Diante do túmulo, Edgar Wilson cruza os braços e permanece contemplativo, enquanto aguarda pacientemente algum argumento ou lamentação da parte de Tomás.

— Hoje tá um dia nublado, mas quando há sol, dá pra ver ele se pôr atrás daquela montanha — diz Tomás, olhando para além do túmulo. — Você não vai me perguntar por que eu matei ele?

— Não preciso saber. Não é da minha conta — responde Edgar Wilson, puxando um cigarro do maço que estava no bolso do casaco e o acendendo com um fósforo. Tomás não parece surpreso com o comentário de Edgar Wilson, já que o conhece há tempo suficiente para saber que ele não costuma arguir os outros; por outro lado, tem como característica ser um bom ouvinte. Como um cão que ouve a confissão do dono e pisca os olhos vez ou outra e, mal o desabafo acaba, sai a caminhar sem olhar para trás.

— Ele se chamava Valesco. Antero Valesco. Era final de ano e eu tinha aceitado um trabalho temporário num sítio aqui perto pra consertar as cercas de madeira de um curral e fazer outros pequenos reparos. Passei quase dois meses trabalhando naquele lugar. Foi ali que conheci o Valesco. Ele era amigo do dono da fazenda. Parecia ser um bom sujeito. Sempre me cumprimentava e passava no curral pra ver como andava o serviço. Até que meu patrão teve que ficar fora por algumas semanas porque a mulher dele tava doente e eles precisaram ir pra um hospital melhor na capital, deixando o lugar aos cuidados do Valesco. E foi aí que as coisas começaram a mudar.

Tomás abre o zíper do casaco e retira um novo charuto do bolso da blusa. Cheira-o antes de cortar a ponta e acendê-lo.

— Ele começou a reclamar dos meus serviços, botando defeito em tudo, e parecia sempre incomodado com a minha presença. Uma semana depois de terminar todo o serviço e de já ter recebido meu pagamento, me dei conta de que tinha deixado uma chave de fenda lá na fazenda e ia precisar dela pra fazer um servicinho lá em casa, que minha mãe tinha me pedido havia muito tempo. Ia aproveitar o domingo pra isso, porque no dia seguinte, bem cedo, eu ia pra rodoviária pegar o ônibus pro seminário. Eu começava naquela segunda. Já tinha anoitecido quando peguei minha bicicleta, pedalei até atravessar a porteira que estava aberta e fui me embrenhando, tentando não fazer barulho. Os cachorros já me conheciam, por isso não latiram. As luzes da casa estavam acesas. Deitei a bicicleta no chão e fui bem devagar, em silêncio, até a janela da sala e espiei o que estava acontecendo lá dentro. Não vi nada. Estava tudo quieto. Então eu dei a volta e espiei pela janela do quarto e não vi ninguém. Era pura curiosidade. Então me dei conta do papel ridículo que eu tava fazendo, dei meia-volta pra ir até o galpão onde eu costumava guardar minha caixa de ferramentas. Foi quando o Valesco me chamou. Eu gelei na hora. Fiquei com medo de me virar e olhar pra trás. Ele perguntou o que eu tava fazendo ali àquela hora. Eu me virei e vi que ele apontava uma arma pra mim. Eu só gaguejava e não conseguia responder. "Veio me vigiar? Tá pensando o quê?", ele disse. Eu me desculpei e disse que tinha esquecido uma coisa e que tinha voltado pra buscar. Ele olhou pra mim desacreditado e perguntou: "Veio me roubar? É isso, Tomás? Seu ladrão de merda". Até que ele se aproximou de mim e eu levantei os braços, me rendendo.

Ele apontou a arma para a minha testa, uma espingarda, ficou me encarando por um tempo e disse: "Filho, eu podia puxar o gatilho. Juro que bebi o suficiente pra isso". Eu respondi apavorado que me deixasse ir embora. Ele ficou quieto por alguns segundos até que soltou uma gargalhada assustadora e eu senti o cheiro do álcool sair da boca dele. Estava mesmo bêbado e armado, e era um cretino. Eu só tive um instante, e foi quando eu senti ele vacilar e empurrei a arma pro lado e ficamos assim por um tempo, cada um segurando a espingarda por uma das pontas, até que consegui arrancar a arma das mãos dele. Eu ia fugir e depois jogar a espingarda fora, mas ele avançou em mim e me derrubou. A arma caiu pro lado e rolamos pelo chão, ele socando a minha cabeça e eu tentando me afastar. Até que vi a minha chave de fenda caída no chão, deve ter caído da minha caixa de ferramentas, não sei, mas ela estava ali, brilhando sob a luz da lua.

    Tomás faz uma pausa e respira fundo. Seu olhar está transtornado porque revive cada instante do passado. Seu coração acelerado o deixa com as bochechas rosadas e a boca seca. É a primeira vez que ele conta em voz alta o que houve naquela noite. Edgar Wilson se mantém quieto, como bom cão fiel que é. Tomás solta fumaça do charuto e volta a falar:

    — Eu peguei a chave de fenda e enterrei no pescoço dele enquanto tentava me esganar. Dei três golpes e rasguei a garganta dele. Empurrei ele pro lado, no chão, e me levantei. Fiquei olhando pra ele com as duas mãos segurando o próprio pescoço e ouvindo aquele som de quem se afoga no próprio sangue... Eu... eu me lembro daquele som todos os dias. Eu corri, peguei a minha bicicleta e fui pra casa. No caminho, parei pra lavar minhas mãos e a chave de fenda no rio. Nesse mesmo rio que corta toda essa região. No dia seguinte, depois da missa, fiz o conserto pra minha mãe e fiquei calado o dia todo. Quando a segunda-feira amanheceu, minha mãe preparou um café da manhã especial e me deu este terço. — Tomás puxa o terço pendurado no pescoço e o segura enquanto termina o relato. — Me despedi dela e fui embora pra outra cidade, bem longe, onde ficava o seminário. Eu só voltei pra fazenda porque queria fazer o conserto pra minha mãe antes de ir pro seminário, antes de entregar a minha vida pra Deus. E por causa disso, matei esse infeliz — conclui Tomás, olhando para a lápide de Valesco com um misto de ódio e arrependimento.

— Os caminhos do Senhor são insondáveis — comenta, por fim, Edgar Wilson, que se vira e caminha em direção ao portão do cemitério. Antes de cruzá-lo, olha para trás e vê Tomás de joelhos com o corpo encurvado sobre si e as mãos cruzadas sobre o peito. Talvez esteja suplicando pela alma do morto, talvez pedindo perdão. Em todo caso, são dias de penitência. Edgar Wilson nunca visitou o túmulo dos seus mortos e nem pretende fazê-lo.

Já fora do cemitério, caminha para o outro lado do vilarejo e, debaixo de uma árvore cujos galhos espalmados simulam garras afiadas, encontra uma pequena ave morta. Incomoda-o o insistente silêncio que ronda o vilarejo. Abaixa-se e observa o passarinho caído. Cutuca-o com um graveto. Não há formigas ou vermes devorando-o. Somente a ação do tempo desintegra-o. O céu continua encrespado e silencioso. Nas cascas nodosas das árvores não há nenhum inseto, por menor que seja. Existe uma ausência urgente pairando em cada centímetro do vilarejo. Não há nada vivo em parte alguma.

Edgar Wilson vê Tomás caminhar em sua direção e se acomodar ao seu lado debaixo da árvore desfolhada.

— Acho que agora podemos ir.

— Por que todos partiram?

— Não sei, Edgar. Não imaginei que este lugar estivesse assim — diz Tomás, girando a cabeça de um lado para outro como se procurasse algum resquício que lhe permitisse uma resposta.

Edgar Wilson se abaixa e cava com a ponta dos dedos uma pequena cova, onde coloca o corpo ressequido do passarinho, e a fecha com terra e algumas folhas secas. Bate as mãos sujas na calça e se levanta.

— Seja lá o que houve neste lugar, parece ter sido há muito tempo — deduz Tomás.

Eles refazem o caminho e tomam a rua principal rumo aos portões da entrada. Ambos estacam no meio da rua. Entreolham-se e correm em direção ao local onde haviam deixado o carro estacionado. As marcas de pneu apontam que o carro foi manobrado para fora do vilarejo.

— Achei que este lugar estivesse abandonado — fala Edgar Wilson, olhando em todas as direções possíveis.

— Parece que nem tanto — retruca Tomás.

Observam as marcas dos pneus sobre o chão de terra batida e angustiados correm seguindo essa trilha, que leva a um trecho ainda mais deserto, aparentemente sem nenhum morador. Pelo caminho, nenhum animal é visto na terra ou no céu. Batendo suas botas contra o chão e levantando poeira com o atrito dos passos acelerados, percorrem quase dois quilômetros seguindo as marcas deixadas pelos pneus do carro. Sem fôlego para prosseguir no mesmo ritmo, os dois desaceleram e se apoiam numa imensa pedra à margem do caminho.

— O rastro termina aqui — fala Tomás, olhando para o chão enquanto dá algumas passadas comedidas. Ele gira em torno de si procurando pelo carro e tentando ouvir algum ruído que possa indicar a direção a seguir.

Edgar Wilson caminha alguns metros e se abaixa para verificar melhor as marcas do solo. Sinaliza para Tomás se aproximar.

— Está vendo isto aqui? — Edgar Wilson aponta para o chão. — Outro carro passou por aqui. Quer dizer, carro não. Estas aqui são marcas de pneu de trator. O rastro sumiu porque devem ter aplainado o chão neste trecho. — Edgar se coloca de pé e com as mãos na cintura franze o cenho e suspira pesado. — Rebocaram o meu carro. E não foi o serviço de resgate rodoviário.

Ao concluir essas palavras, Edgar Wilson e Tomás seguem em frente pela mesma estrada e avistam um homem e um cachorro à beira do caminho vindo em sua direção. Eles acenam para o homem, que não corresponde. É um velho cego guiado por um vira-lata preto, ainda mais preto que seu dono, e os fios grisalhos dos pelos que salpicam seu lombo assemelham-se aos cabelos brancos do homem. Porém os olhos negros do cão contrastam com a brancura líquida que cega seu dono.

— Com licença, senhor — diz Tomás, aproximando-se do velho. O cão rosna.

— Quem é? — questiona o velho.

— Tivemos um problema. Nosso carro foi roubado. O senhor por acaso não ouviu alguma coisa?

O velho tosse e demora alguns instantes até recobrar o fôlego. Seu respirar é ruidoso e ele escarra no chão. O cão lambe o escarro. O velho pigarreia e responde:

— Eu ouvi eles passarem por mim.

— Eles quem? — pergunta Edgar Wilson.
— Os homens do ferro-velho. Eles dirigem um trator.
— Onde fica esse ferro-velho?
— Seguindo por aqui mesmo, você precisa entrar à direita depois que passar pelo poço. É só seguir que dá lá.
— Obrigado.
— Espera.
— Pois não? — diz Tomás.
— Tem algum trocado?

Tomás e Edgar Wilson vasculham os bolsos e colocam algumas moedas e notas de pouco valor nas mãos do homem.

— Tem uma coisa — salienta o velho. — É melhor que vocês tenham uma arma. Vocês têm, não?

Tomás e Edgar se entreolham.

— Obrigado, velho. Que Deus o acompanhe — responde Tomás.

Depois de caminhar por mais quinze minutos, chegam ao portão do ferro-velho, que também funciona como desmanche clandestino de automóveis. No pátio é possível ver pilhas de carcaças de carros batidos, automóveis envolvidos em acidentes nas rodovias da região. Embaixo de uma cobertura, agrupadas de acordo com a categoria, estão peças provenientes de diversos veículos: carburadores, pastilhas de freio, baterias, estepes, radiadores, calotas, câmaras de ar, amortecedores, entre outras, que se amontoam lado a lado no chão de concreto.

No meio do pátio está a Caravan de Edgar Wilson com o porta-malas suspenso. Dois homens discutem gesticulando um para o outro e de vez em quando apontam para os corpos estendidos no porta-malas. Àquela distância não é possível distinguir muita coisa. Um terceiro homem atravessa o pátio vindo do pequeno escritório do ferro-velho. Ele gesticula e fala alto com os dois homens. A situação piora quando o terceiro homem empurra um deles, que saca uma arma. Imediatamente os outros dois também sacam suas armas e assim, ameaçando e gritando uns para os outros, são surpreendidos por Edgar Wilson e Tomás, que se aproximam devagar e com as mãos levantadas. Os três homens apontam suas armas para os desconhecidos com olhares inquisitivos.

— Senhores, acho que houve um mal-entendido — começa Tomás com sua voz apaziguadora. Ele puxa o crucifixo pendurado no pescoço e o deixa para fora do colarinho da blusa. — Eu sou padre. Trabalho a serviço de Deus. Nosso carro foi roubado, mas podemos resolver tudo isso em paz.

Os três homens continuam apontando suas armas para Tomás e Edgar Wilson, que por sua vez se mantém calado.

— O que esses corpos estão fazendo na mala do seu carro? — pergunta o homem que há pouco veio do escritório.

— O senhor é o responsável pelo lugar? — pergunta Tomás.

— Eu sou o dono, isso mesmo.

— Então deve ser o Geraldo — diz Tomás, olhando para a placa grande e desbotada no alto do muro em que se lê "Ferro-velho do Geraldo".

O homem concorda com a cabeça.

— Olha, seu Geraldo, precisamos deixar esses corpos no IML.

— Vocês o quê? — irrita-se um dos homens.

Tomás olha para Edgar rapidamente e ambos continuam com as mãos levantadas.

— Por acaso vocês sabem quem são esses dois, sabem?

— Geraldo pergunta, sacudindo a arma, como quem aponta um dedo enquanto fala.

— Não sabemos.

— Então eu vou falar pra você, padre — Geraldo continua apontando a arma para todos os lados como se fosse um dedo em riste. — Esses dois filhos da puta aqui fui eu mesmo que mandei matar. — Aponta a arma para um dos homens que está a seu lado. — Foi esse filho da puta aqui que apagou os dois. Foi um acerto de contas, padre. Se o senhor quiser uma confissão, eu posso te dar, mas não sei se vai gostar muito de ouvir o que tenho pra contar sobre eles.

O outro homem, que se manteve calado durante todo o tempo e que olhava insistentemente para Edgar Wilson, por fim abre a boca:

— Eu conheço você.

Edgar Wilson olha para o homem e prefere fingir não entender o que ele quer dizer.

— Você é o removedor de animais mortos. Me lembro de você. Deixou pra gente um garrote morto. Não se lembra de mim? Da blitz na rodovia.

— Me lembro sim — diz Edgar Wilson.

— Se você trabalha removendo animais mortos, o que tá fazendo com esses dois?

— Encontramos eles na mata. Estamos tentando levar pra um IML. Só isso.

— Por quê? — questiona o policial rodoviário.

— Não gostamos de deixar os mortos pra trás. Nós removemos os mortos.

— Olha — começa Tomás —, nós podemos deixar os corpos aqui se preferirem.

— Você acha mesmo que eu quero essas duas carcaças aqui? — fala Geraldo.

— Vocês não sabem nada desses dois? — questiona o policial rodoviário.
— Não — responde Tomás. — Se a gente deixasse os corpos lá na mata, seriam devorados pelos animais. O cheiro de um cadáver apodrecendo é insuportável.
— Você é mesmo padre? — pergunta o policial rodoviário.
— Sou. Mas trabalho removendo animais mortos das estradas. Entendo de mortos e de coisa podre.
Geraldo respira fundo e em seguida solta um suspiro ruidoso como quem deseja uma trégua. Abaixa a cabeça por alguns instantes, em silêncio, e ao olhar novamente para Tomás seu semblante antes febril suaviza-se.
— Escuta, padre, o senhor sabe como as coisas funcionam por estas bandas. Se um problema aparece, a gente precisa resolver. Não esperamos por ninguém. Não somos bandidos, mas assassinos, isso somos. Esses dois aí — Geraldo aponta para o porta-malas — poderiam apodrecer naquela mata e ainda seria pouco perto do que fizeram, mas tiveram a sorte de vocês terem topado com eles.
— O que eles fizeram? — pergunta Edgar Wilson.
Geraldo hesita. Olha para os cadáveres e é perceptível o asco que o atravessa. Os homens aguardam uma resposta, uma justificativa.
— Isso termina aqui — responde Geraldo de modo decisivo.
Geraldo, o policial rodoviário e o terceiro homem se afastam e conversam em voz baixa. Edgar e Tomás permanecem quietos, já com as mãos abaixadas, porém não mais relaxados. Os três homens retornam.
— É tudo muito estranho. Mas a sorte de vocês dois é que meu amigo aqui — Geraldo aponta para o policial

rodoviário — reconheceu esse aí — aponta para Edgar Wilson. — Podem levar o carro, os cadáveres também são de vocês. — Geraldo cospe sobre os corpos no porta-malas. — Desapareçam daqui, e isto nunca aconteceu. Combinado?

Tomás e Edgar Wilson acenam com a cabeça, fecham o porta-malas, entram no carro e dão a partida. Antes de arrancar do lugar, Edgar Wilson coloca a cabeça para fora da janela e fala para Geraldo:

— Da próxima vez enterre seus mortos.

Atravessam os portões deixando apenas uma nuvem de poeira. Por alguns minutos, Tomás e Edgar Wilson não trocam uma palavra sequer. Há uma espécie de pesar em seus corações, algo entalado que não consegue ser filtrado por palavras. É início da noite quando voltam à rodovia e seguem viagem até o próximo IML, na esperança de que tudo possa terminar.

— Seja lá o que fizeram, ainda assim vou deixar esses dois no IML — diz Edgar Wilson.

— Vamos sim, Edgar. Vamos dar um fim a esses dois.

9

Já é fim de noite quando Edgar Wilson estaciona em frente ao IML. Tomás, dessa vez, o acompanha e um depois do outro atravessam a porta da recepção. É um lugar mais modesto que o anterior. Quadros de avisos cobrem parte das paredes manchadas pela umidade. O balcão de madeira que divide a sala tem lascas grandes e algumas partes estão visivelmente comidas por cupins. O aviso destacado numa das pilastras é de que o local permanece aberto até a meia-noite. No relógio ao lado, o ponteiro está parado às três e quinze. Ao ver os dois homens, uma mulher se levanta de sua cadeira onde digita num teclado para atendê-los.

— O Nildo mandou vocês?

— Sim, senhora. É exatamente como expliquei — responde Edgar.

— Vou ver o que posso fazer.

A mulher mede cerca de um metro e meio. Usa óculos e mantém os cabelos crespos presos por um elástico. A pele com manchas escurecidas lhe confere mais idade do que realmente possui. O maço de cigarros enfiado dentro do sutiã é visível sob a blusa de malha.

Sem pressa, ela adentra a recepção e desaparece através de uma porta. De onde estão é possível ouvir vozes vindas do interior do local. Demora, até que retorna caminhando devagar com os braços pendendo pesados pelos flancos, que a deixam com a circunferência de um pneu de caminhão.

— O doutor vai receber vocês. — Ela limpa com a ponta do dedo o canto da boca, em que é perceptível ver chantili ou coisa que o valha. Olha para o dedo e decide chupar rapidamente o ponto branco adocicado. Senta-se de novo diante do computador e começa a apertar as teclas com vagar enquanto move os lábios como se ditasse algo muito importante para si. Seus olhos permanecem espremidos quase todo o tempo, enquanto mantém os óculos presos no topo da cabeça.

Um homem usando um avental e luvas de borracha surge por trás de Tomás e de Edgar Wilson.

— O Nildo mandou vocês?

— Sim — responde Edgar Wilson, virando-se.

— Venham comigo.

O homem entra pela porta lateral, a mesma pela qual havia saído sem que os dois tivessem visto, e assim os três seguem por um corredor estreito e abafado. A iluminação falha, com lâmpada incandescente, vez ou outra pisca. De algumas salas é possível ouvir as vozes de outros homens e o som de um rádio a pilha sintonizado numa programação com músicas estrangeiras. Ele empurra uma porta, tira as luvas e se senta atrás da mesa de um pequeno escritório repleto de caixas de papelão e livros de registro empilhados em prateleiras antigas.

— Então, o que vocês têm pra mim? — pergunta, acomodando-se na cadeira e indicando as outras duas à sua frente. Eles tomam assento.
— Tenho dois corpos no porta-malas do carro — responde Edgar.
— Qual o sexo?
— Um homem e uma mulher.
— Jovens?
— Ele tem vinte e cinco e ela deve ter em torno disso.

Tomás olha para Edgar Wilson, que devolve um brevíssimo olhar de soslaio. O homem abre um livro de registro e faz uma anotação.
— Faz quanto tempo que morreram?
— Pouco mais de uma semana.
— Podem trazer os corpos pra mim?

Tomás suspende a tampa do porta-malas e com a ajuda de Edgar Wilson coloca os corpos dentro de um carrinho feito de latão com rodinhas pretas de borracha. Empurram o carrinho pelo mesmo corredor estreito até uma sala indicada pelo doutor. Enganam-se ao entrar numa das salas com o cadáver de uma mulher estendido sobre uma mesa de aço inox cujo corte cirúrgico vai do tórax à vagina. Edgar observa o corpo sobre a mesa e ainda vira o pescoço para trás antes de sair da sala e seguir em direção à porta seguinte.

Colocam os corpos sobre uma mesa de mármore e os desembalam. O homem apalpa a musculatura, abre-lhes a boca com a ajuda de uma pequena pá devido ao rigor mortis e os vira de bruços. Remove o elástico que prende os cabelos da mulher num rabo de cavalo desgrenhado e passa as mãos nos fios. Admira-se com o comprimento e a maciez que ainda há.

— Talvez só os ossos e os tendões ainda sirvam pra

alguma coisa. Não dá pra pagar muito. Se estivessem mais frescos... mas assim, fica difícil. Nem todos os corpos podem ser aproveitados. Tem alguns que já chegam podres aqui. Não tem como a gente manusear. Bem, esses cabelos valorizam a peça como um todo. Esse tipo é bastante requisitado. Veja isso aqui — o doutor abre as mechas do cabelo para mostrar as raízes. — Tem um bom comprimento, é liso e bem natural. Sem produtos químicos. Forneço para um fabricante de perucas.

O silêncio que se faz na sala é quebrado quando o doutor, sentindo um pequeno desconforto devido ao cansaço, vira o pescoço para o lado e com as duas mãos força um movimento que provoca uma sequência de estalos realinhando as vértebras. Ele aguarda a resposta de Edgar e Tomás, que mal se entreolham, e pergunta:

— Se vocês têm um valor em mente, então digam, e a gente pode negociar.

Um telefone toca e o doutor pede licença para atendê-lo na sala ao lado.

— Sim, senhor. Eu já mandei o Isaías preparar. Segunda-feira vou despachar. Ah, o rapaz vem buscar? Então eu mando pra rodoviária? Certo, certo. Fica tranquilo que só falta empacotar.

O doutor desliga o telefone e grita por Isaías, um dos técnicos que trabalha no local. O homem sai de uma das salas com as luvas sujas de vísceras e entra na sala do doutor.

— Sim, chefe.

— Já preparou a encomenda do Heraldo?

— Terminei hoje cedo. O pessoal já descarregou a carga lá nos fundos.

— Manda o Misael trazer pra cá.

Na sala ao lado, Tomás está inquieto, mas tenta manter a calma.
— Que porra é essa, Edgar? — sussurra.
— Vamos levar os corpos daqui — diz Edgar Wilson embrulhando os cadáveres. Com a ajuda de Tomás, suspende o corpo da mulher para colocá-lo novamente no carrinho.
— O que estão fazendo? — pergunta o doutor, parado na porta.
— Acho que houve um engano. Nós realmente queremos enterrar esses dois — diz Tomás de um jeito calmo.
— Não foi o Nildo quem mandou vocês aqui?
— Isso mesmo — responde Edgar.
— Não saiam daqui — diz o doutor, olhando intensamente para os dois.

Ele retorna à sala ao lado, digita um número de telefone e, segurando o aparelho, dá alguns passos até o corredor, justamente a distância que o comprimento do fio permite, podendo assim observar os dois homens, de braços cruzados, cada um apoiado numa mesa de mármore.

O cadáver é dividido em cabeça, tronco e membros. Dos corpos não reclamados, ele faz o desmembramento e a extirpação. Tecidos, ossos, juntas, tendões, torsos, membros, órgãos, pés, mãos e cabeça são retirados e vendidos separadamente a diversas entidades. Dependendo do tipo de encomenda, é necessário confeccionar as peças através do uso de formol e verniz. O cérebro costuma ser cortado em formato de bolachas para facilitar a venda. De outro modo, as peças são preservadas para o preparo e a utilização de tecidos humanos para transplantes. Os ossos possuem grande demanda de venda. Quando o cadáver está fresco, é possível aproveitar praticamente tudo.

— Nildo, eu tô aqui com os dois sujeitos que você man-

dou — a voz do doutor soa distante para Edgar e Tomás, mas algumas palavras podem ser compreendidas. — Eles disseram que querem enterrar os corpos.
    O doutor ouve o que homem fala do outro lado da linha. A voz de Nildo ecoa através do aparelho e pode ser escutada como um murmúrio baixinho na sala ao lado. Edgar Wilson e Tomás entreolham-se secamente.
    — O.k., tudo bem — diz o doutor e encerra a ligação.

    Sentados lado a lado, Edgar Wilson e Tomás se ajeitam desconfortavelmente nas cadeiras bambas do escritório do doutor, que por sua vez se acomoda atrás da mesa numa cadeira giratória cujas rodinhas estão quebradas e o estofamento rasgado em diversas partes.
    — Realmente houve um engano. O Nildo achou que vocês queriam vender os corpos.
    — Eu disse a ele que queria *enterrar* os corpos — fala Edgar.
    — Ele achou que era só uma desculpa até ele realmente propor o negócio a vocês — o doutor solta um risinho de canto de boca. — Afinal, vocês nem conhecem esses dois. É comum as pessoas irem até o Nildo com corpos pra vender, mas fazem algum rodeio, inventam algo até chegarem ao assunto de fato.
    Ao concluir, o doutor aguarda pela reação dos dois homens, que permanecem pensativos. A parede atrás da mesa é revestida de cortiça, em que estão afixados diversos lembretes, documentos e atestados de óbito. Um aviso escrito à mão chamou a atenção de Edgar Wilson no momento em que se sentou na cadeira:
    Confeccionar quatro cabeças, duas laringes, quatro estôma-

gos, três corações, quatro pulmões, dois jejuno-íleo, três bexigas, dois intestinos grossos, quatro testículos, dois úteros e músculos.

Edgar Wilson está levemente absorto e remói continuamente o que seria jejuno-íleo. A mulher que os atendeu na recepção dá um leve toque na porta aberta para chamar a atenção.

— Um motoqueiro. Batida de carro — diz com a voz cansada.

— Quem foi buscar?

— O Misael.

— Porra, o Misael. Achei que ele tava aqui. Chama ele.

O doutor sai novamente da sala e espera por Misael no corredor.

— Você foi buscar o motoqueiro? E a carga lá nos fundos? Era pra isso, tá separado e catalogado.

— Eu tive que ir.

— Me mostra aí.

Misael puxa do bolso da calça um cordão de ouro e algumas notas de dinheiro.

— Os tênis são novos.

— Qual o número?

— Quarenta e um.

— Porra, meu número. Qual a cor?

— Branco e cinza.

— Depois vou dar uma olhada. Semana que vem é feriado. Darei plantão.

— O pessoal da técnica vai tá aqui em peso.

— Vocês não perdem tempo.

— Depois do Natal, esse é o melhor feriado pra nós. O Juraci conseguiu quitar o carro dele com todo o ouro que vem recolhendo dos mortos na estrada. Já deu entrada numa moto.

— Aquele é um filho da puta. Faz duas semanas ele me deixou na mão aqui quando ligaram pra ele sobre a ocorrência com aquele ônibus de viagem que capotou.

— Morreu quase todo mundo. Ele fez a limpa. O pessoal tava indo comprar mercadoria. Todo mundo com dinheiro vivo. O Juraci tem os olheiros dele nas estradas. Arrumou muito dinheiro lá.

O doutor dá meia-volta e caminha até outra sala quando é chamado por Isaías para escrever o laudo de uma necrópsia.

— Eu já volto, é rápido — diz, olhando para Edgar Wilson.

— É melhor a gente ir.

— Não — responde Edgar Wilson.

— Você quer vender os corpos?

Edgar não responde. Cruza os braços e se apoia na mesa de mármore enquanto Tomás sai do IML e o aguarda do lado de fora, apoiado no carro e fumando seu charuto.

O doutor retorna à sala e questiona a ausência de Tomás.

— Tá lá fora — diz Edgar Wilson.

— Já decidiu?

Edgar Wilson retira do bolso um retrato três por quatro e mostra ao doutor.

— Assim fica difícil saber. O morto geralmente fica bem inchado depois de uns dias, praticamente desfigurado.

Edgar retira do bolso um papel e o desdobra.

— Aqui tá o nome completo e o número da carteira de identidade dela.

— É sua parente?

— É prima de uma amiga. Ela sumiu faz tempo.

— Me dá um segundo.

Edgar Wilson pensa que, com tantos cadáveres, Berta pode ser um deles. Talvez tenha sorte e isso faria sua viagem valer mais do que o esperado. Edgar aguarda na recepção. Repara quando a recepcionista para de digitar para folhear um livro de registro. Vagarosa, ela lambe o dedo médio e vira página por página. Até que encosta a barriga contra o balcão e estende o livro sobre ele. Confere mais uma vez as informações do papel entregue por Edgar com as do livro.

— Ela está aqui.
— Vou levar.

Ela conduz Edgar pelo mesmo corredor que ele já conhece, porém viram à direita e caminham até uma porta de madeira com a pintura desbotada. Ela abre a porta e tapa o nariz e a boca com a mão.

— Taí dentro. Pode procurar.

A sala não possui iluminação, salvo um resto de luz do poste da rua ao lado que entra por uma pequena janela que é mantida aberta, porém o muro alto restringe a ventilação. Ele prende a respiração e entra na sala. Os corpos estão embalados em lona preta e amontoados desordenadamente. Não são empilhados, mas lançados como sacos de batatas por um funcionário de pé diante da porta. Ninguém ousa dar um passo sala adentro há vários meses.

Edgar apalpa os corpos até encontrar a cabeça. Desembrulha o primeiro, mas não é quem procura. São tantos sobrepostos que, ao puxar o segundo, uma avalanche de cadáveres desmorona sobre ele. Consegue se levantar e sair da sala. Vai até o carro e apanha uma lanterna. Tomás apaga o charuto e acompanha Edgar Wilson até a sala.

Tomás se arrepia inteiro ao entrar no local.

— Deus do céu, são pessoas?
— Segura a lanterna e joga luz ali — ordena Edgar.

— Se ela estava aqui o tempo todo, por que ninguém avisou a família ou a polícia? — questiona Tomás.

— Porque esse não é o nosso trabalho — fala Misael, parado diante da porta. Tomás, surpreso, olha para trás. — Já pensou se a gente tivesse que bater de porta em porta procurando a família de cada morto que aparece aqui? — continua Misael, que termina de descascar uma banana e dá uma grande mordida, deixando a fruta pela metade em sua mão. De boca cheia, conclui: — Cada um que procure por seu morto. A gente aqui só armazena.

Misael enfia o resto da banana na boca, dá meia-volta e segue pelo corredor.

Edgar Wilson começa a puxar alguns corpos para tateá-los. Berta, segundo Nete, tinha peitos grandes. Um dos pacotes chama a sua atenção; ele o abre mas não é ela. Joga o corpo para o lado. Escorrega no necrochorume, o líquido que sai de corpos em putrefação. Há algumas poças. Tropeça num dos corpos e na tentativa de se equilibrar afunda o pé esquerdo na barriga de um morto mal embrulhado. Com o pé atolado, preso às costelas do cadáver, ele segura a ânsia de vômito. Tomás enfia a lanterna no bolso e o ajuda a desprender o pé.

— Puta que pariu! — exclama Edgar Wilson.

Consegue remover o pé e o cheiro fica ainda pior.

— Esquece isso, Edgar. Deixa esse corpo aí.

— Só mais um pouco.

Ele revira os corpos que estão na lateral de uma estante de aço e, depois de apalpar alguns deles, sente um par de seios fartos.

— Joga luz aqui — ordena Edgar.

Ele desembala o plástico que cobre a cabeça e reconhece Berta pelos cabelos vermelhos e pela aranha tatuada no pescoço. Os dois arrastam o corpo até o corredor e fecham a porta do inferno com pressa.

Respiram fundo. Intensamente.

— É essa aí que você procurava? — pergunta o doutor.

— Sim, senhor — responde Edgar.

— E os outros dois? Vai levar de volta?

— Acho que sim.

— Eu poderia pagar pela mulher. Os cabelos valem bem. E sempre dá pra aproveitar os ossos. Faço um preço nos dois.

— O senhor se importaria se nós levássemos os três? — pergunta Tomás com a voz calma. — Esquecemos isso tudo e ninguém ficará sabendo. Realmente queremos sepultá-los.

O médico dá de ombros como quem não se importa e faz meia-volta para entrar em sua sala, porém se detém e vira sobre os calcanhares para olhar os dois homens.

— Então é melhor darem o fora daqui o quanto antes.

Edgar e Tomás vão até a sala ao lado para buscar os dois corpos. Sobre uma mesa de mármore está o corpo do motoqueiro a quem horas antes Tomás concedeu a extrema-unção.

— O que vai acontecer com ele? — pergunta o ex-padre.

— Ele tem setenta e duas horas para ser encontrado por alguém — responde Isaías.

— Se não aparecer ninguém...?

— Então sepultamos — responde Isaías, que suspira ao perceber que sua resposta ainda não é suficiente. Ele se aproxima de Edgar e Tomás e num tom mais baixo explica: — Olha, o que eu posso dizer é que estamos operando na capacidade máxima. Vocês viram aquele quarto. Não deveria ser assim. Não damos conta de todos esses cadáveres. Os corpos não identificados ou não reclamados por familiares são sepultados após autorização judicial. Coletamos o material genético dos defuntos e anexamos aos laudos de necrópsia, para ajudar em possíveis identificações futuras. Mas isso nem sempre acontece, entende? Estamos afogados em cadáveres, as autoridades são lentas demais e esses infelizes apodrecem aqui por muito tempo.

Edgar e Tomás colocam os dois cadáveres no carrinho, onde o corpo de Berta já se encontra encolhido no fundo, e os levam até o carro. É necessário força para conseguir fechar o porta-malas.

— Acho que não vai dar — diz Tomás, forçando a tampa mais uma vez. Edgar Wilson empurra um dos corpos e assim consegue fechar o bagageiro.

É quase uma da manhã. A temperatura caiu abruptamente. Edgar Wilson leva a caneca de café à boca enquanto dirige com uma das mãos. A garrafa térmica foi abastecida na lanchonete de um posto de gasolina e o sabor é inferior ao café torrado e moído por Tomás. Ambos estão um pouco abatidos e para espantar a fome cada um mastiga lentamente rosquinhas açucaradas.

— É pouco tempo, não acha?
— O quê?
— Setenta e duas horas.
— É o tempo padrão.
— Tem animais que ficam mais de três dias lá no depósito até serem moídos.
— Mas é o protocolo, Edgar.
— Quem decide isso?
— Não sei. Mas é assim.
— Acho que deveriam esperar pelo menos sete dias.
— O que pretende fazer com aqueles dois?

— Jogar no rio.

Tomás dá de ombros. Foram vencidos e por fim Edgar Wilson terá que se contentar em sepultá-los nas águas. Para Tomás o que importa é a alma, mas Edgar é atraído pela carcaça, assim como os abutres.

Depois de atravessarem o pedágio e retornarem à estrada que dá acesso ao rio, Edgar Wilson apanha o mapa rodoviário sobre o painel do carro e abre-o parcialmente contra o volante. Desliza o dedo indicador e se dá por satisfeito ao encontrar o trecho exato que procura. Na saída seguinte, ele vira à direita e segue por alguns quilômetros até chegar a um trecho deserto do rio. No horizonte, uma linha fina avermelhada sugere o nascer do dia. Edgar Wilson estaciona o carro e desce esticando o corpo.

Tomás abre o porta-malas do carro e chama por Edgar Wilson, cujos passos retardam mais que o habitual. Eles colocam o primeiro corpo no chão e depois o segundo. Edgar recolhe uma grande pedra de calcário, já que diante deles está uma das pedreiras profundamente sulcadas pela dinamite. Amarra a pedra no primeiro corpo e o arrasta até a beira do rio. É necessário entrar e puxá-lo até que encontre certa profundidade. Faz o mesmo com o segundo corpo. Tomás prefere apenas observá-lo em silêncio. Ao terminar, a vermelhidão no horizonte se aviva. Por trás das pedreiras o sol vem surgindo. Ainda faz frio e mesmo com as roupas molhadas Edgar Wilson parece não se importar. Puxa o cigarro preso atrás da orelha e se senta numa pedra. Esfrega os olhos com força ao senti-los arder.

— Vi os religiosos mergulharem nesse rio pra enterrarem o velho homem e renascerem sem pecados — diz Edgar Wilson ao soltar a fumaça do cigarro. — Nunca vi nem anjo nem demônio neste lugar, mas quem vai saber o que há no fundo deste rio? Ao menos aqui vão apodrecer em paz. — Levanta-se e com um peteleco joga a guimba de cigarro na direção das águas.

— Acha que alguém vai procurar por eles?

Edgar Wilson não responde. Talvez esteja buscando uma resposta, talvez esteja apenas cansado demais para falar. Prefere se manter em silêncio. É um homem simples que executa tarefas.

10

Horas depois do amanhecer, o domingo tornou-se chuvoso e, no início da tarde, Edgar Wilson toma um desvio de uma das rotas que monitora até a casa de Nete, cujo endereço conseguiu com o vigia do depósito. Estaciona a caminhonete em frente à casa e apaga o cigarro no cinzeiro do veículo antes de descer e tocar a campainha. O rosto de Nete surge na janelinha da porta de madeira e se espanta ao ver Edgar. Não demora para sair enrolada num roupão surrado e debaixo de um guarda-chuva.

— O que aconteceu, Edgar?
— Tenho uma coisa pra você.

Nete afasta o guarda-chuva o suficiente para que consiga olhar o céu.

— Que tempinho de merda esse. Piora a minha rinite — ela retira do bolso do roupão um lenço florido e assoa o nariz. — Que dia péssimo pra ser escalado — completa.

Edgar Wilson dá de ombros. Para ele tanto faz.

— Então, o que tem pra mim?

Faz sinal para que o siga até a caçamba da caminhonete. Nete olha para o embrulho comprido deitado entre um cachorro-do-mato e uma cutia.

— Não vai me dizer que encontrou outro corpo, Edgar Wilson? Isso tá ficando chato, sabia. Eu te disse...

— É a Berta. Encontrei ela no IML — interrompe Edgar Wilson.

Nete permanece quieta por algum tempo. Edgar Wilson vai se encharcando de chuva, porém não se mexe.

— Tem certeza? — pergunta Nete com a voz aflita.

— Onde eu a coloco?

Nete deixa o guarda-chuva no chão, debruça-se sobre o corpo e o desembrulha na altura da cabeça. O rosto de Berta, roxo e inchado, com uma expressão de tortura, a faz virar o rosto. Edgar a embrulha novamente.

— Espera só um instante. Eu já volto.

Nete retorna alguns minutos depois, vestindo uma calça jeans, um suéter branco e vermelho com uma rena bordada e tênis. Abre a porta da caminhonete e se senta ao lado de Edgar Wilson.

— Vamos — ela diz.

Edgar dá a partida e arranca com a caminhonete sem saber ainda para onde estão indo.

— A família tá toda reunida lá em casa. A tia tá preparando um almoço. Hoje é o aniversário da Berta e tem esperança de que ela apareça. Berta vivia lá.

Edgar permanece em silêncio e compreende o que Nete intenciona. O limpador do para-brisa range e deixa uma mancha no vidro. A borracha está gasta, precisa ser trocada.

— Iam destrinchar ela.

— Tive medo de não encontrar ela a tempo.

— Sabe pra onde quer ir?

— A pedreira desativada. Lá é bem bonito. Ela gostava do lugar.
— Desconfia de quem fez isso?
— Não dá pra saber. Ela vivia metida em confusão.
Chegam à pedreira desativada. Nete desce do veículo e apanha a pá na caçamba. Imediatamente começa a cavar sem dizer uma palavra. Edgar não se mobiliza. Permanece sentado debaixo de uma árvore frondosa, que o protege da chuva. Acende um cigarro e fuma sem pressa.
Quando Nete faz sinal para ele, levanta-se e com a ajuda dela carrega o corpo de Berta até a cova. Ela encerra-o cobrindo com terra e pedras de calcário.
— A tia está doente. O médico disse que ela não pode se aborrecer. Por isso ela tá morando comigo agora. É melhor ela pensar que a Berta vai voltar um dia. Vou dizer que ligou e que está bem. Talvez, se ela se apegar a isso, viva mais alguns anos.
Edgar concorda, apanha a pá e a coloca novamente na caçamba da caminhonete. Pegam a estrada de volta e Nete não diz mais nenhuma palavra até chegar em casa.
— Obrigada, Edgar.
Ele acena com a cabeça, mantendo os lábios comprimidos, e dispara assim que Nete fecha a porta.

As passadas sobre a pista ganham velocidade gradual até que Edgar Wilson abre a porta da caminhonete e senta atrás do volante. O alarme do relógio dispara dois minutos antes de a pedreira ser dinamitada. A chuva de pedras de calcário atinge o veículo e uma delas pega o para-brisa. Após alguns minutos, margem considerada de segurança, Edgar desce da caminhonete e passa o dedo sobre o vidro trincado. O grasnado de alguns abutres chama a sua atenção. Olha para o céu e imagina a direção que deve seguir. O radiocomunicador chia e ele retorna para a caminhonete, ajeitando-se atrás do volante.

— Unidade quinze-zero-oito.
— Edgar, você está liberado?
— Positivo.
— Tenho uma ocorrência pra você.

Nete assoa o nariz e com isso alguns segundos da transmissão são formados de lamúrias proferidas entre os dentes.

— Qual é a ocorrência?
— É próxima ao quilômetro 51.
— Sabe o tipo de animal?
— Pequeno porte.
— Entendido.
— Edgar?
— Na escuta.
— Se estiver com a caçamba cheia é melhor esvaziar primeiro.

No depósito, Edgar Wilson retira os animais mortos da caçamba e os coloca num carrinho, que empurra até o moedor. Os animais são jogados dentro de um reservatório, e isso se repete duas vezes até que a caçamba da caminhonete esteja finalmente vazia.

— Edgar, vou até a ocorrência perto do quilômetro 51 — diz Tomás, ajeitando o chapéu.
— Já estou indo pra lá.
— Sabe o tipo de animal com que estamos lidando?
— Não.

Tomás tira o charuto da boca e cospe no chão antes de entrar na sua unidade. Dá passagem para que Edgar Wilson siga dirigindo à sua frente. É fim de tarde de um dia nublado, com chuvas esparsas e isoladas em pontos diversos, sendo possível vislumbrar ao longo do dia relâmpagos acima das montanhas, no horizonte. Edgar diminui a velocidade, vira o volante para a direita, e, assim, ao parar, deixa a caminhonete cruzada na pista sobre uma poça de água formada pela chuva recente. Tomás estaciona ao lado e impossibilita qualquer outro veículo de avançar naquele trecho cercado por pastos.

Parados lado a lado, olham para a frente até seus olhos atingirem os morros que margeiam a região. Tomás joga o toco de charuto no chão e o apaga com a sola da bota. Dá dois passos adiante, põe as mãos na cintura e se vira para Edgar Wilson.

— Já viu algo assim?

Edgar faz que não com a cabeça.

— Vamos precisar trabalhar a noite inteira. Acho que não damos conta, Edgar.

Edgar Wilson se agacha e toca na pata de uma das ovelhas. Suspende a mão até a pelagem no meio das costas.

— Acho que foi uma descarga elétrica — diz Edgar.

— Por quê?

— Os abutres — diz Edgar Wilson, indicando o céu com os olhos. Tomás olha para o alto e gira sobre os calcanhares buscando uma resposta de uma parte a outra.

— O que têm eles?

— Não gostam de carne queimada. Essas ovelhas estão cozidas por dentro.

— Nunca vi um raio atingir um rebanho desse tamanho — fala Tomás.

Edgar se coloca de pé e caminha entre os corpos das ovelhas, buscando onde assentar um pé depois do outro. Retorna até a caminhonete, sobe no capô e em seguida pula para o teto do veículo. Olha ao longe, toda a extensão está coberta de pelo branco, como se tivesse nevado. Edgar Wilson nunca viu a neve, mas gostaria muito. Isso é o mais perto de que já chegou.

— Acho que deve ter umas trezentas ou mais — diz Edgar. — Me dá o binóculo que tá no painel.

Edgar ajusta as lentes e olha ao redor, mantendo o cenho franzido. Vez ou outra, ele baixa o binóculo e suspira.

— Tá procurando o quê, Edgar?

Ele não responde. Volta a olhar através do binóculo e a se mover devagar, buscando o que quer que seja. Fixa num ponto e girando a regulagem das lentes tenta aproximar a visão.

— Achei o pastor.

Desce do teto da caminhonete e seguido por Tomás abre caminho entre as ovelhas, afastando alguns cadáveres, saltando outros, até chegar ao corpo de um homem caído de bruços que segura uma vara. Tomás se abaixa e tenta encontrar a pulsação do pastor de ovelhas, mas está igualmente morto. Desvira-o e fecha-lhe os olhos ao deparar com aquele olhar vazio. Retira do bolso o vidrinho com água benta e sela a testa e os lábios do homem.

— Está vendo aquilo? — Edgar aponta para uma espécie de galpão com estacas fincadas no solo e cobertura de telhas de cerâmica. — Ele estava tentando levar o rebanho pra lá. — Edgar Wilson se move de um lado para outro, com os olhos agitados, saltando as ovelhas. — O raio pegou eles enquanto tentavam atravessar a estrada.

Tomás, debruçado sobre o corpo do pastor, murmura baixinho e se coloca de pé. Edgar Wilson tira o maço do bolso do macacão e o leva até a boca, com a ponta dos lábios puxa um cigarro e o acende com um fósforo. Depois de alguns minutos pensando, vira-se para Tomás e diz:

— Vamos precisar de um caminhão pra tirar tudo isso daqui.

Tomás assente.

— E o homem? Será que alguém vem buscar ele?

— Acho que já sabemos a resposta — responde Tomás de um jeito lacônico, afastando-se em seguida para ficar sozinho.

Edgar Wilson aciona o radiocomunicador da caminhonete e aguarda ser atendido.

— Central.

— Aqui é a unidade quinze-zero-oito.

— Na escuta.

— Vamos precisar de um caminhão.

— São muitos animais?

— Um rebanho de ovelhas. Acho que tem umas trezentas ou mais.

— Não temos um caminhão.

— A Nete está aí?

— Está fazendo um intervalo.

Um carro buzina atrás de Edgar Wilson.

— Ei, o que houve aí?

— Um acidente. A estrada tá interditada.

— Quando vão abrir?

— Ainda sem previsão.

Edgar dá meia-volta enquanto o motorista dá marcha a ré e retorna pelo caminho de onde veio. Tomás suspende uma ovelha por vez e segue até o acostamento. Assim, em silêncio, ele vai abrindo caminho. Edgar Wilson faz o mesmo e os dois homens vão removendo os corpos das ovelhas da estrada na certeza de que isso é tudo o que podem fazer. A fila de carros começa a se formar atrás de suas caminhonetes atravessadas na pista, impedindo a passagem. No horizonte delimitado pelas montanhas, uma linha brilhante reflete a luz do sol, dando a impressão de que céu e terra estão se partindo em dois. Os abutres se mantêm distantes, empoleirados nos galhos altos das árvores e assistindo quietos ao trabalho dos homens, que por vezes erguem os olhos vasculhando o céu de uma ponta à outra como se ainda esperassem pelo pior.

1ª EDIÇÃO [2018] 6 reimpressões

ESTA OBRA FOI COMPOSTA PELA SPRESS EM MERIDIEN E IMPRESSA EM OFSETE
PELA GRÁFICA BARTIRA SOBRE PAPEL PÓLEN BOLD DA SUZANO S.A.
PARA A EDITORA SCHWARCZ EM NOVEMBRO DE 2024

A marca FSC® é a garantia de que a madeira utilizada na fabricação do papel deste livro provém de florestas que foram gerenciadas de maneira ambientalmente correta, socialmente justa e economicamente viável, além de outras fontes de origem controlada.